Onderdanige Student ‹

Erika Sanders
Reeks
Oorheersing en erotiese onderwerping

Opsomming

Hierdie boek bestaan uit die volgende stories:
    Onderdanige Student
    Baie begrip dokter
    In die kantoor

Onderdanige student is 'n roman met sterk erotiese BDSM-inhoud en op sy beurt 'n nuwe roman wat deel uitmaak van die Erotic Domination and Submission-versameling, 'n reeks romans met hoë romantiese en erotiese BDSM-inhoud.

(Alle karakters is 18 jaar of ouer)

Nota oor die skrywer:

Erika Sanders is 'n bekende internasionale skrywer, vertaal in meer as twintig tale, wat haar mees erotiese geskrifte, ver van haar gewone prosa, met haar nooiensvan onderteken.

Indeks:

Opsomming

  Nota oor die skrywer:

  Indeks:

  ONDERHANDIGE STUDENT EN ANDER VERHALE ERIKA
SANDERS

  ONDERDANIGE STUDENT

  EERSTE DEEL AANBEVELINGSBRIEF

  HOOFSTUK I

  HOOFSTUK II

  HOOFSTUK III

  TWEEDE DEEL STUDENT BESLUIT

  HOOFSTUK I

  HOOFSTUK II

  HOOFSTUK III

  DERDE DEEL ROOI ONDERDEEL

  HOOFSTUK I

  HOOFSTUK II

  HOOFSTUK III

  VIERDE DEEL NA WAT OOREENGEKOM IS

  BAIE BEGRIP DOKTER

  IN DIE KANTOOR

  EINDE

ONDERHANDIGE STUDENT EN ANDER VERHALE
ERIKA SANDERS

ONDERDANIGE STUDENT

EERSTE DEEL
AANBEVELINGSBRIEF

HOOFSTUK I

Cynthia het buite die professor se kantoor gesit.

Die eindeksamen het nader gekom, wat beteken het dat die professor besig sou wees om met die studente te vergader.

Hy het minstens twintig minute gewag terwyl die onderwyser se deur toe gebly het.

Ek het 'n bietjie senuweeagtig gewag vir hierdie onderwyser wat tipies streng was.

Toe die deur oopgaan, het hy gesien hoe die onderwyser met 'n ander student praat, wat gereed was om te vertrek.

Cynthia het opgestaan toe die ander student vertrek, en die professor het sy aandag op haar gevestig.

Hy was 'n lang, goed geklede man, getroud en omtrent vyftig jaar oud.

"Cynthia, dis goed om jou te sien," het hy gesê. "Het jy 'n afspraak?"

"Nee. Ek is jammer, professor. Dit is 'n laaste minuut ding."

"Ek is seker jy ken my beleid rakende vergaderings. Ek hoop 'n afspraak word eers gemaak, anders sou daar altyd 'n lang tou buite my deur staan."

Sy haal diep asem op soek na vertroue.

"Ek besef dit. Maar hier is niemand op die oomblik nie. Ek is seker jy kan vir my 'n uitsondering maak."

"Goed. Net omdat jy 'n hardwerkende student is. Kom in."

Hy het 'n vreemde glimlag gewys en vir haar beduie om sy kantoor binne te gaan, en toe die deur toegemaak.

Die professor het agter sy lessenaar gesit en Cynthia het voor hom gesit.

"Hoe kan ek jou help?" vra hy en raak gemaklik in sy sitplek.

"Wel, ek het die afgelope tyd baie gedink en ek het besluit om aansoek te doen vir die regskool vir volgende jaar. Ek het reeds die toelatingskursus geneem en kon 'n hoë telling behaal. My gemiddeld is ook bo 'n B+."

Hy knik.

"'n Interessante keuse. Ek dink jy sal baie goed vaar in die regskool. Dit is nie maklik nie, maar jy het beslis die persoonlikheid en brein om dit te doen."

"Dankie," glimlag hy.

"Ek veronderstel jy wil 'n aanbevelingsbrief van my hê?"

"Dit is hoekom ek hier is. Jy is die eerste onderwyser wat ek nog ooit gevra het, en ek hoop regtig jy sal dit vir my doen."

"So, ek is jou eerste keuse? Hoekom? Ek is nuuskierig."

Cynthia het 'n bietjie geïntimideer gevoel.

"Wel, hy het 'n goeie reputasie by hierdie universiteit. En hy is ook die departementele voorsitter, wat ek dink goed sal lyk op my aansoek."

"Ek het ook bande met top regskole. Het jy dit geweet?"

Sy knik bedees.

"Ek het dit geweet. Ek bedoel, ek het dit by ander studente gehoor. Maar ek was nie seker of dit waar was of nie."

"Ek het goeie vriende wat op die toelatingskomitee by sommige van die beste regskole is. Daarom is my aanbevelingsbriewe baie nuttig."

"Sal jy dit oorweeg om 'n brief aan my te skryf?" vra sy in 'n bedeesde stemtoon.

"Ek kan nie," antwoord hy reguit. "Ongelukkig is jy te laat."

"Hoekom? Die sperdatum vir regskoolaansoeke is die begin van volgende jaar."

"Waar. Maar ek skryf net twee aanbevelingsbriewe aan die einde van elke semester. Dit is 'n persoonlike beleid van my. Andersins sal ek briewe vir almal moet skryf. Dan sal my aanbevelings nutteloos wees, aangesien enige student van my kan kry een. Maak dit vir jou sin, Cynthia?

"Het dit."

"As jy vroeër gekom het, dan sou ek dit vir jou gedoen het. Jy is een van die bekwaamste studente wat ek die afgelope jare gehad het. En dit beteken baie, aangesien hierdie universiteit vol begaafde studente is." "

"As jy dink ek is een van jou beste studente, hoekom kan jy nie vir my 'n uitsondering maak nie?" het sy gepleit.

"Ek het jou gesê. My reël is twee aanbevelings per semester. Ek volg altyd my reëls. In al my jare van onderrig het ek nog nooit 'n uitsondering gemaak nie. Ooit."

Sy hou kort haar kop omlaag, voordat sy haar kalmte herwin.

"Ek verstaan," antwoord sy en maak gereed om te vertrek. "Dankie vir jou tyd, professor."

"Wag," sê hy en keer haar. "Jy weet ek tree hierdie jaar af, nè?"

"Ja, ek het dit gehoor".

"Dit sal my laaste onderrig van die semester wees. Ek kan vroeg volgende jaar vir jou 'n aanbevelingsbrief skryf, en jy kan voor die sperdatum by die regskool aansoek doen. Dit sal binne my reëls wees."

Cynthia glimlag.

"Dit klink wonderlik. Baie dankie, professor. Dit beteken regtig baie vir my."

"Ek sê nie ek sal nie. Ek sê ek kan."

"O, so wat moet ek doen?"

"Vertel my eers hoekom jy regskool toe wil gaan. Wat is jou uiteindelike doelwit?"

Hy het 'n oomblik daaraan gedink om 'n goeie reaksie saam te stel.

"Wel, ek wou nog altyd 'n loopbaan hê waar ek 'n groot voorstander vir vroue kon wees. Ek is amper klaar met my hoofvak in Vroue- en Genderstudies. Ek het daaraan gedink om 'n joernalis te wees, waar ek oor verskeie onderwerpe kan verslag doen. Maar my ouers het altyd vir my gesê "Hulle het my aangemoedig om regte te probeer. Ek het die hele semester daaroor nagedink , want ek is naby aan gradueer. Na baie oorweging het ek besluit om regte te studeer is vir my."

Hy knik.

"Jy het beslis baie daaroor nagedink."

"Ja meneer, ek het."

"Wat van jou akademiese prestasies tot dusver? Enigiets wat ek moet weet?"

Sy dink weer by haarself.

"Wel, ek het verskeie opstelle in sommige van my klasse geskryf wat fokus op vroueregte, gekleurde vroue en verskeie sosiale kwessies in hierdie land en regoor die wêreld. Ek het 'n A op almal gekry."

"Dit is nie verbasend nie. Jy lyk my as 'n baie intelligente meisie. Ek hou daarvan van jou."

"Dankie," bloos sy.

"E-pos vir my al daardie opstelle wat jy genoem het. Ek wil graag daarna kyk voordat ek my besluit neem."

"Natuurlik."

"Ek hou baie van jou, Cynthia," het hy gesê. "Ek dink jy is geweldig talentvol. Vroue soos jy is die toekoms van hierdie land. As jy my kan oortuig dat jy 'n werklike belangstelling daarin het om dinge te verander, dan sal ek persoonlik my vriende by die beste regskole kontak, en alles moontlik maak om jou in te kry. Hoe klink dit alles vir jou?"

"Dit klink wonderlik, professor," sê sy met 'n stralende glimlag. "Ek is seker jy sal beïndruk wees met wat ek het om te bied."

"Ek het geen twyfel daaroor nie. Nou, as jy my sal verskoon, ek het 'n afspraak geskeduleer oor sowat vyf minute."

"O, natuurlik. Baie dankie."

Cynthia staan op en skud die professor se hand saggies terwyl hy agter sy lessenaar bly sit.

Toe hy die kantoor verlaat, het hy sy bes probeer om sy opgewondenheid te bedwing.

HOOFSTUK II

Toe Cynthia terugkom na haar klein woonstel, is sy reguit na haar kamermaat se kamer en sien die deur staan wawyd oop.

Teresa het in die bed gelê met haar skootrekenaar om na die nuutste skinderwebwerwe te kyk.

"Kom ons kyk of jy dit kan raai?" het Cynthia retories gevra. "Om die waarheid te sê, ek sal jou reguit sê. Hy het ingestem om 'n aanbevelingsbrief vir my te skryf. Kan jy dit glo?"

Cynthia het die kamer binnegekom en op haar kamermaat se bed gaan sit.

"Dis wonderlik! Hoe was dit om alleen saam met hom te wees? Was dit ongemaklik? Daardie ou is hard soos 'n gat."

"Dit was beslis intimiderend, ek kan jou dit vertel."

"En hy het ingestem om vir jou 'n brief te skryf?" vra Teresa. "Ek het al soveel stories gehoor van slim studente wat deur idiote soos hy verwerp is."

"Hom in 'n goeie bui gevang dink ek," Cynthia trek sy skouers op. "Maar dit gaan 'n moeilike proses wees. Hy wil 'n bietjie meer met my praat en dan skryf hy volgende jaar vir my 'n brief."

"Volgende jaar? Ek lees dat as jy vroeg by die regskool aansoek doen, kry jy 'n effense voordeel met toelatings."

Cynthia glimlag.

"Ek weet. Maar hy het bande met van die beste regskole. Hy het ook gesê hy sal bereid wees om hom persoonlik namens my te kontak, as ek hom kan oortuig ek is die moeite werd."

"O sjoe! Dis ongelooflik."

Teresa leun vorentoe en gee haar vriendin 'n groot drukkie.

"Dankie."

"Hoe presies gaan jy hom oortuig? Daai ou is nie maklik om te behaag nie."

Cynthia trek sy skouers op.

"Ek dink ek moet vir hom 'n paar ou opstelle wys wat ek geskryf het. Hy was 'n bietjie vaag oor die hele ding. Maar ek is redelik seker oor dit alles. Ek dink hy hou baie van my. Hy het baie mooi dinge gesê ."

"Wel, as iemand verdien om voordeel te trek uit hul verbindings, is dit jy."

"Dankie. Ek hou duim vas. Ek hoop net nie hy verander van plan nie."

"Dit sal die grootste pielbeweging in die wêreld wees as ek van plan verander het," het Teresa geantwoord. "Jy weet egter nooit. Maar daar is geen manier waarop jy van plan kan verander nie."

Cynthia glimlag.

"Jy is reg. Maar ek moet hom steeds beïndruk. Ek sal doen wat dit ook al verg. Vertrou my."

"Ek dink so."

HOOFSTUK III

Dit was laataand toe Cynthia reeds klaar deur haar ou lêers gegaan het.

Sy het al die top-gegradeerde opstelle wat sy geskryf het, georganiseer.

Toe het hy hulle aan 'n lêer geheg.

Hy het ook sy finale vraestel vir die professor se klas afgerond.

Sy het die finale artikel verskeie kere gelees om seker te maak dit is perfek.

Dit was haar kans om die man te beïndruk wat moontlik die sleutels tot haar toekoms gehou het.

Hy het alles in 'n e-pos aangeheg en 'n boodskap aan die professor geskryf:

"Hallo onderwyser,

Ek hoop dit gaan goed met hom. Baie dankie vir die ontmoeting met my vandag. Ek weet jy is 'n uiters besige mens. Ek het al die opstelle wat ek wou sien aangeheg. Ek het A's op almal van hulle.

Ek het ook my finale projek vir sy klas aangeheg, wat ek voor die tyd voltooi het. Ek hoop alles is bevredigend. Laat weet my asseblief as jy nog iets van my nodig het of as jy weer wil ontmoet om enigiets wat met die aanbevelingsbrief verband hou, te bespreek. Ek waardeer dit alles opreg.

Alles van die beste,

"Cynthia"

Hy het die e-pos gestuur, en sy slaak 'n sug van verligting.

Sy het vir etlike ure voor haar rekenaar gesit, met bitter min rus, om die dokumente so vinnig moontlik aan die professor te stuur.

Met tyd oor voor ete, het Cynthia haar Facebook-opdaterings nagegaan om te sien wat nuut is in haar sosiale kring.

'n Inkomende e-pos het aangekom.

Dit was 'n antwoord van die onderwyser:

"Sien jou in my kantoor. Maandag om nege in die oggend."

Cynthia was 'n bietjie verward oor die professor se kriptiese en kort reaksie-e-pos.

Sy wonder of hy selfs die moeite gedoen het om na enige van die aangehegte dokumente te kyk, vanweë hoe vinnig hy gereageer het, en of hy die laaste paar ure verniet so hard gewerk het.

Op hierdie tydstip het hy nog 'n e-pos ontvang.

Dit was nog 'n antwoord van die onderwyser:

"Ons sal die bepalings van die aanbevelingsbrief bespreek."

Dit was die boodskap wat sy wou hê.

Sy het vir haarself geglimlag met die wete dat die professor se verbintenisse met topregskole binne bereik is.

Jare se harde werk het uiteindelik vrugte afgewerp.

Al wat hy moes doen, was om te doen wat die onderwyser wou hê.

TWEEDE DEEL
STUDENT BESLUIT

HOOFSTUK I

Maandag.

Vroeg in die oggend.

Cynthia het buite die professor se kantoor in 'n semi-formele pak gewag.

Sy wou vir die onderwyser gesofistikeerd voorkom.

Sy wou bewys dat sy die moeite werd is.

Hy het presies negeuur die oggend opgedaag.

Hy het 'n klein, gewone papiersakkie vasgehou en skaars na Cynthia gekyk toe sy opstaan om hom te groet.

Hulle het hande geskud, toe maak hy die kantoordeur oop en laat haar in.

Toe maak hy die deur toe.

Die situasie was ietwat ongemaklik aangesien die professor sy lessenaar voorberei het en sy rekenaar aangeskakel het, terwyl hy blykbaar die universiteitstudent wat voor hom in die kamer gestaan het, ignoreer.

"Ek hoop jy het 'n goeie naweek gehad," sê sy en verbreek die spanning.

Die professor het agter sy lessenaar gesit en Cynthia het voor hom gesit.

"Ek het 'n wonderlike naweek gehad," het hy geantwoord. "Ek het die meeste daarvan spandeer om papiere te sorteer. Maar ek het ook tyd gehad vir ander aktiwiteite. Wat van jou?"

"Hoofsaaklik skoolwerk. Ek het hard geleer vir eksamens en vraestelle vir ander klasse geskryf."

Hy knik.

"Soos dit moet wees."

"Daarvan gepraat, het jy die dokumente gelees wat ek vir jou gestuur het?"

"Nee, ek het nie," antwoord hy reguit.

"O, ek het gedink ek het hulle nodig ..."

"Ek sal nie na hulle kyk nie, Cynthia. Ek stel nie belang om jou opstelle vir ander klasse te lees nie. Ek het nie tyd daarvoor nie."

"Beteken dit jy sal vir my die aanbeveling gee sonder om dit te lees?" vra sy versigtig.

"Het nie geantwoord nie. "Jy moet dit nog verdien."

"Wat moet ek dan doen?"

Hy kyk na haar met 'n skerp kyk.

"Is jy 'n diskrete persoon, Cynthia?"

"Wat beteken dit?"

"Is jy in staat om 'n geheim te hou?"

"Ek was nog altyd 'n betroubare mens. Hoekom?"

"Ek stel baie in jou belang," het hy gesê. "Ek is geïntrigeerd deur jou. Maar jy sal my moet belowe dat alles wat ons bespreek vertroulik sal bly. Kan jy dit doen? As dit alles uitwerk, belowe ek, ek sal my bes doen om jou by watter skool ook al te kry. jy wil hê. En ek kom altyd my beloftes na."

Cynthia haal diep asem en probeer haar kalmte behou.

Sy was nie seker waarheen die gesprek gaan nie, maar sy hou van die uitkoms.

Sy wou sy hulp hê.

"Ek belowe. Alles wat ons bespreek sal 'n geheim wees."

Hy knik stadig.

"Ek is bly om dit te hoor."

"Kan ek vra waaroor dit gaan? Ek verstaan steeds nie wat jy van my wil hê nie."

"Jy het drie van my kursusse gevolg, reg?"

"Dis hoe dit is."

"Jy het my nog altyd geïntrigeer," het hy gesê. "Sedert die dag wat ons ontmoet het, het ek gevind dat jy 'n interessante mens is. En ek het dit altyd geniet om jou opstelle te lees. Trouens, om eerlik te wees, lees ek soms steeds jou opstelle. Jou gedagtes oor vroueregte en vroue se seksuele vryhede is nogal diepgaande."

"Dank my Here".

"Ek het 'n taak vir jou," het hy gesê. "Dit is heeltemal van die agenda af. Niemand sal ooit weet nie. Dit is duidelik dat dit opsioneel is. Maar as jy dit doen, sal ek vir jou 'n outomatiese A in my klas gee en jou help om in 'n topvlak-regskool te kom."

Cynthia knik huiwerig.

"Wel."

"Dit is 'n leesopdrag. Ek wil hê jy moet die materiaal lees wat ek jou toewys. En môre wil ek hê jy moet weer hier wees om negeuur in die oggend gereed om dit te bespreek."

Die professor het die bruin papiersak geneem en dit voor Cynthia op sy lessenaar neergesit.

"Waaroor gaan die leesopdrag?" vra sy verward.

"Alles in hierdie sak is vir jou. Beskou dit as 'n geskenk. Moet dit nie tot laat in die nag oopmaak nie. En ek wil hê jy moet die gemerkte storie lees voor jy gaan slaap. Ek wil jou insig hê as gevolg van jou interessante perspektief op die probleme van vroue. Kan jy dit vir my doen?"

"Kan."

"Goed," het hy geknik. "Nou, as jy my sal verskoon, ek het 'n besige dag. Ek is seker jy is ook vandag besig ."

"Dankie professor."

Cynthia staan op en skud die professor se hand.

Hy het toe die bruin sak gevat en die kantoor verlaat.

Hy het nie die moeite gedoen om in die sak te kyk nie.

Ek was te bang om te kyk.

HOOFSTUK II

Daardie aand lê Cynthia in die bed met die ligte nog aan.

Hy het pas sy streng aandstudieroetine voltooi.

Sy oë is seer.

En sy was geestelik uitgeput.

Hy kyk na die tafel langs sy bed en sien die bruin sak.

Hy het dit amper vergeet.

So die nag was nog nie verby nie.

Hy gaan sit op die bed en vat die sak.

Toe Cynthia die sak oopmaak, was sy geskok oor wat sy gesien het.

Daar was 'n matige grootte pienk dildo, wat soos 'n man se penis gevorm was.

Hy het dit opgetel en daarna gekyk en gewonder of dit 'n fout was.

Miskien het die onderwyser vir my die verkeerde sak gegee?

Hoekom het hy dit?

Maar hy het tot die gevolgtrekking gekom dat daar geen fout was nie.

Die professor was te presies en intelligent om hierdie soort foute te maak, het hy gedink.

Sy sit die dildo op haar bed en reik tot onder in die sak.

Die enigste ding daar was ook 'n baie groot boek.

Dit was oud en verslete.

Sy kyk na die omslag.

Dit was 'n versamelboek van verskeie BDSM-verhale.

Hy het na die indeks gekyk om te sien dat al die stories oor seks gaan.

En nie sommer enige soort seks nie, maar stories van oorheersing en onderwerping.

"Dit is seksuele teistering!" Gedink.

Cynthia maak die boek toe en plaas dit op die nabygeleë tafel.

Ek was kwaad, geskok en hartseer.

Sy het nie geweet hoe om te voel nie.

Toe onthou hy die onderwyser se opmerking, dat lees opsioneel was.

Sy het gedink sy moet doen wat hy ook al vra.

Maar dan sal sy ook niks kry nie.

Nadat hy 'n paar oomblikke gedink het, het hy besef dat daar geen skade was nie.

Dit was net 'n boek.

Al wat hy moes doen, was om te lees wat hy sou behaal het en dit met die onderwyser te bespreek.

Dan sou sy die onderwyser se hulp kry.

Die dildo sou later in die asblik gaan, waar dit hoort.

Na 'n diep asemteug het sy die boek geneem en op die kussing geleun om gemaklik te raak. Daar was 'n boekmerk in die middel van die boek. Hy het dit oopgemaak om die storie te vind wat die onderwyser hom opgedra het.

Sy het begin lees.

~~~

Storie opsomming:

Erika was 'n onafhanklike vrou, kunstenaar en feministiese aktivis vir vroueregte.

Hy het 'n suksesvolle kunsgalery in die middestad bestuur.

Hy word genader deur 'n man met die naam Robert, wat aanbied om van sy eie werk aan hom te verkoop.

Hy wys haar foto's, en sy is baie beïndruk met die skilderye wat op sy foto's verskyn het.

Maar wanneer sy sy klein ateljee besoek, ontdek sy dat die meeste van sy werk met BDSM verband hou en dit het nie op sy foto's verskyn nie.

Op die muur was foto's van vroue wat gebind en plesier is.

Erika sê beleefd vir Robert dat sy nie saamstem met die inhoud van sy skilderye nie, en dan weier sy aanbod om 'n kunswerk te koop.

Dae later gaan Robert voort om 'n sakeverhouding met haar aan te vra.

Hy e-pos vir haar meer van sy foto's, wat hierdie keer wel gewys het hoe die vroue vasgebind en gesnoer is.

Dan was daar foto's van vroue in verskillende toestande van intense orgasme.

Erika het gekonflik gevoel deur die beelde.

Sy het gedink hulle is onwelvoeglik, maar in goeie smaak.

Hulle was beslis op een of ander manier vir haar stimulerend.

Sy was geïntrigeerd.

Sy het ingestem om hom weer te ontmoet om 'n moontlike ooreenkoms te bespreek.

In sy klein ateljee het Robert haar oortuig dat BDSM nie so erg is nie.

Hy het haar oortuig dat dit iets moois is en dat vroue baie plesier ontvang het.

Erika was skepties, maar het ingestem om ligte slawerny op Robert se versoek te ervaar.

Dit het die deur vir hom oopgemaak om Erika as sy nuwe BDSM-fetisj te hê.

~~~

Nadat sy die storie gelees het, was Cynthia effens opgewonde.

Met die stres van komende eindeksamen was seks die laaste ding wat ek dink, maar die geskiedenis het dit verander.

Sy was nat tussen haar bene.

Ek was gefassineer deur die karakters.

Sy het betower geraak met die idee dat die vroulike karakter in die storie vasgebind en seksueel gebruik word.

Skielik het die bruinsak-dildo nie meer na so 'n slegte idee gelyk nie...

HOOFSTUK III

Die volgende dag.

Cynthia het voor die onderwyser se lessenaar gesit.

Hy het net na haar gekyk sonder om 'n woord te sê.

Hy vat nog 'n sluk van sy koffie.

Hoe langer die stilte aangehou het, hoe ongemakliker het haar herontmoeting geword.

"Ek wil weet hoe dit jou laat voel het," sê hy en verbreek die stilte. "Ek wil weet hoe jou gedagtes in elke detail gewerk het. Is jy oukei daarmee?"

"Ek is."

"Het jy die storie gelees wat ek jou opgedra het?"

"Ek het. Ek het gedink dit is goed geskryf."

"Wat het jy nog daaroor gedink?" gevra. "Wat het jy gedink van die evolusie van die hoofkarakter?"

Cynthia bly 'n oomblik stil.

"Ek dink die evolusie van die hoofkarakter is algemeen vir baie mense. Ek het oor die jare baie navorsing oor seksualiteit gedoen. Mense ontdek voortdurend hul fetisje regdeur hul lewens. Daar is absoluut niks fout met seksuele eksplorasie nie "Dit is deel van om mens te wees."

"Dink jy daardie storie was realisties? Dink jy so iets kan met 'n toegewyde feminis gebeur?"

"Hoekom nie?" het sy geantwoord . "Die karakter in daardie storie is menslik soos almal. Die feit dat sy 'n feminis is het waarskynlik die taboe aangevuur om aan 'n dominante man onderdanig te wees. Net omdat iemand 'n feminis is, beteken dit nie dat hulle nie 'n vervullende sekslewe kan geniet nie. . ".

Hy glimlag.

"Jy is 'n baie intelligente meisie. Ek geniet dit om na jou insig te luister."

"Beteken dit dat ek jou aanbeveling verdien het?"

"Nog nie. Ek wil weet of jy die speelding gebruik het wat ek vir jou gegee het. Het jy dit op jouself gebruik terwyl jy die storie gelees het? Of het jy dit daarna gebruik?"

'n Verstommende kyk verskyn op sy gesig.

"Wat beteken dit?"

"Het jy die dildo op jouself gebruik?"

"Ek ... ek sien nie hoe dit jou besigheid is nie."

"Wat jy sê sal vertroulik wees. Ek tree aan die einde van die jaar af, onthou? Oor nog 'n paar weke sien jy my nie weer nie."

Sy dink vir 'n oomblik.

"Ek het die dildo op myself gebruik nadat ek die storie gelees het."

"Wat het jy gedink?"

"Op die hoofkarakter aan die einde van die storie. Jy weet, vasgebind word."

"Het jy nog altyd 'n slawerny-fetisj gehad?" het hy gevra .

"Ek dink nie dit is gepas nie. Ek het al alles gedoen wat jy gevra het."

"Ons het nog baie tyd," het hy geantwoord. "Jy is 'n baie spesiale meisie. Jy werk hard en is baie vasberade. Ek waardeer daardie eienskappe en ek wil hê jy moet die vreugdes van die lewe ervaar. Ek probeer jou nie flous nie. Jy moet my hierin vertrou."

"Wat wil jy van my hê?"

"Op die oomblik gee ek jou nog 'n taak."

"Sal dit die laaste wees?"

"Miskien," het hy geantwoord. "Op die oomblik het jy 'n A in my klas. Dis al. As jy na my luister, sal ek my verbindings namens jou gebruik."

"Goed," het sy geknik.

"Lees die sewende storie in daardie boek. Dan wil ek hê jy moet met die dildo masturbeer. Môre ontmoet ons weer. Ons sal oor die storie praat. En ek wil hê jy moet my alles oor jou orgasme vertel. Kan jy dit doen?"

"Ja."

"Goed. En ons sal nie in my kantoor ontmoet nie. Ek stuur môreoggend vir jou die vergaderlokasie. Verstaan?"

"Beloof jy om jou verbindings vir my te gebruik?"

"Ek belowe."

"Dan is dit 'n ooreenkoms."

DERDE DEEL
ROOI ONDERDEEL

HOOFSTUK I

Later daardie selfde aand.

Cynthia en Teresa was saam die skottelgoed na ete.

Hulle het ook saam gekook.

Nadat sy die skottelgoed afgedroog het en op die rak gesit het, het Teresa die handdoek neergesit en teen die toonbank geleun.

"Dit is die ergste laaste week van my lewe," het Teresa gekreun. "Hoekom moes ek hoofvak in biologie?"

"Omdat jy goeie dinge met jou lewe wil doen. Dit sal die moeite werd wees."

"So jy dink?"

"Ek hoop so," het Cynthia sy skouers opgetrek.

"Wel, dit is gerusstellend."

Cynthia het ook teen die kombuistoonbank geleun en na haar beste vriendin gekyk.

"Ek kan nie glo hoe ver ons gekom het nie," het hy gesê. "Ons het gepraat oor volwassenes toe ons jonk was. Kyk nou na ons. Ons is op die punt om wonderlike loopbane te hê."

Teresa glimlag.

"Nog een semester en dan sal ons nie meer kamermaats wees nie. Dit maak my lus om te huil as ek daaraan dink."

"Ons sal goed wees. Dit is vir die beste."

Teresa knik haar kop.

"Jy is reg. Soos dinge gaan, is jy op pad na die beste regskool in die land."

"Daardie ooreenkoms is nog nie gemaak nie."

"Wat gaan in elk geval aan met daardie ou? Hoekom skryf hy nie maar die verdomde ding en kry dit klaar soos 'n gewone professor nie?"

31

"Hy wil net deeglik wees, dis al," het Cynthia geantwoord. "Ek dink ons sal afsluit na nog 'n rondte vrae oor my akademiese geskiedenis en my toekomstige doelwitte. En daardie soort ding."

"As ek nie van beter geweet het nie, sou ek sê daardie ou stel belang om iets saam met jou te hê," het Teresa met 'n slegte woordspeling gereageer .

"Wat laat jou so sê?"

"Die manier hoe hy jou in die klas uitroep. Die manier hoe hy na jou kyk. Dit is in elk geval vanselfsprekend, wel, vir my."

"Hy behandel almal dieselfde in die klas. Boonop is hy getroud."

"Dit is vreemd dat ek die afgelope tyd soveel tyd saam met jou spandeer het," het Teresa opgemerk. "Is jy toevallig verlief op hom?"

"Geen!" Cynthia het met vermaak en afgryse gereageer. "Hoe kan jy so iets sê?"

Teresa het 'n snaakse gesig gemaak.

"God. Ek het net gewonder. Jesus. Moenie so verdedigend wees nie."

"In elk geval, daar is genoeg tyd om later oor dit alles te grap. Op die oomblik moet ek studeer. Jy is nie die enigste persoon met brutale eksamens nie."

"Dan beter ons by die boeke uitkom."

"Dis hoe dit is."

HOOFSTUK II

Nadat sy die deur toegemaak het, het Cynthia gemaklik op die bed gelê en teen die kussing geleun.

Dit was sy gunsteling posisie om te studeer.

Sy het vinnig deur die boeke en notas van haar klasse gegaan.

Sy was reeds voorbereid en alles was voor skedule.

Hy maak die materiaal toe en rus sy oë kort.

Die onderwyser se huiswerk was nog hangende.

Hy het vlugtig gewonder of Teresa reg was dat sy 'n klein crush op hom ontwikkel.

Die mag wat hy oor haar gehad het, was 'n groot taboe.

Cynthia het haar skoolgoed opsy gesit en die groot BDSM-boek opgetel. Hy het teruggekeer na sy gemaklike posisie op die bed en die boek na storie sewe oopgemaak.

Hy het begin lees.

~~~

Storie opsomming:

Samantha was 'n suksesvolle sakevrou.

Sy het 'n groot kantoor in 'n korporatiewe kantoor gehad.

Hy het gewoond geraak daaraan om bevele aan sterk manne te gee.

Die maatskappy waarvoor hy gewerk het, is deur 'n ander maatskappy verkry.

Skielik het sy 'n nuwe manlike baas gehad.

Samantha se nuwe baas was baie anders as enigiemand met wie sy in die verlede gewerk het.

Die nuwe baas is nie geïntimideer deur haar of haar skoonheid nie.

Hy het selfvertroue uitgestraal en Samantha se seksappèl het nie op hom gewerk nie.

Hy het hom dadelik as die persoon in beheer gevestig.

Hy het homself as hulle meerdere gevestig.

Teen die einde van die storie het sy weeklikse besoeke van hom aan haar privaat kantoor gehad om hom te laat weet dat sy onderdanig was.

Samantha het haarself op haar eie lessenaar vasgebind en geslaan.

Hy het die gat gebruik wat hom die beste gepas het.

Soms het hy haar mond genaai, ander kere het hy haar anaal genaai
.

Dit was sy nuwe rol in die maatskappy.

~~~

Cynthia maak die boek toe en sprei haar arms en bene op die bed.

Daar was 'n tintelende sensasie tussen haar dye.

Ten diepste het dit haar skuldig laat voel om aangeskakel te word deur 'n storie waarin 'n man 'n sterk vrou seksueel afgebreek het.

Maar sy was in elk geval opgewonde.

Die onderwyser se taak was duidelik: hy wou hê sy moet die dildo gebruik.

Hy gryp sy laai uit om die seksspeelding te gryp.

Toe trek hy sy onderste klere heeltemal uit.

Sy lê op die bed met haar bene gesprei en begin haar poesie met haar vingers streel.

Toe sy genoeg opgewonde en nat was, het sy die seksspeelding ingesit.

Die speelding gaan in en uit haar poes.

Hy het sy oë toe gehou.

Sy het haar ontugtige gedagtes van die vroulike karakter in die boek verbeel wat mondelings genaai word terwyl sy aan haar lessenaar vasgemaak is.

Sy het probeer om haar masturbasie stil te hou sodat Teresa haar nie hoor nie.

Sy gedagtes is besig gehou, en so ook sy vingers wat die seksspeelding gelei het.

Kort voor lank het sy tone gekrul en sy rug effens geboë.

Sy maak haar mond toe om nie harde kreun geluide te maak nie.

Sy het gekom.

Toe ontspan sy lyf en hy gaan lê op die bed met 'n gevoel van geluk.

Dit was 'n baie vuil fantasie gewees.

As ek dit net vroeër ontdek het...

HOOFSTUK III

Die volgende dag.

Dit was agtuur die oggend.

Cynthia het die instruksies gevolg wat die professor per e-pos aan haar gestuur het.

Sy het 'n mooi knopie top met 'n kantoortipe potloodromp gedra.

In plaas daarvan om in sy kantoor te vergader, het hulle buite 'n leë klaskamer ontmoet, wat hy met sy sleutel oopgesluit het.

Hy het 'n papiersak gedra.

Nadat hulle die klaskamer binnegekom het, het hy die deur gesluit.

"Gaan sit," sê hy en skakel die ligte aan.

"Ek is bietjie senuweeagtig vandag," sê Cynthia amper speels toe sy deur die leë vertrek stap.

"Omdat?"

"Alles wat ons gedoen het. Hierdie klaskamer."

"Moenie senuweeagtig wees nie," het hy geantwoord. "Jy hoef nie te wees nie."

"Ek hoop nie."

Cynthia het in die voorste ry van die groot klaskamer gesit.

"Goeie keuse," glimlag hy. "Goeie meisies sit altyd in die voorste ry. Ek hou van goeie meisies."

"Het jy dit al gedoen?"

"Wat gedoen?"

"Dit," het sy geantwoord. "Het jy ander studente seksuele dinge vir jou laat doen in ruil vir jou aanbevelingsbrief of 'n goeie graad?"

"Ek het 'n gesogte akademiese loopbaan, Cynthia. Ek sal nie my reputasie waag deur gunste van ewekansige studente in te roep nie."

"Hoekom doen dit dan met my?"

"Omdat jy spesiaal is," sê hy reguit. "Jy het my geïntrigeer sedert die eerste keer wat ek jou gesien het. Jy het my geïntrigeer elke keer as jy in die klas praat en elke keer as ek jou werk lees. Jy is 'n spesiale mens. En jy is die mooiste student wat ek nog gehad het."

"Vleiende woorde, maar hoe weet jy ek sal nie 'n klag teen jou indien vir seksuele teistering nie? Ek het dit al voorheen saam met ander mans gedoen."

"Jy sal nie. Jy is te vasbeslote om dit nou te beëindig. Ek het iets wat jy bitter graag wil hê. So, moet ons nou begin? Hoe gouer ons begin, hoe gouer sal ons klaar wees."

Sy knik stadig.

"Voortoe."

"Het jy gisteraand die storie gelees?"

"Ek het dit gedoen."

"Wat dink jy daarvan?"

Sy dink vir 'n oomblik.

"Ek het gedink dit is opwindend. Ek het nog nooit sulke goed gelees nie. Ek het altyd gevoel dat seks gelyk moet wees tussen mans en vroue. Alles moet gelyk wees. En natuurlik is my politieke neigings aan die feministiese kant. Maar dit was baie opwindend om dit te lees . Ek was mal daaroor."

"Ek neem aan jy het weer met die dildo gemasturbeer."

"Ek het."

"Waaraan het jy spesifiek gedink toe jy dit gedoen het?" gevra.

"Die vroulike karakter is aan haar lessenaar vasgemaak. Sy word gebruik. Daardie soort ding. Dit was die mees erotiese deel van die storie."

Die professor beduie na sy bruin sak.

"Ek het gedink jy sal daardie toneel geniet. Gelukkig het ek voorbereid gekom. En gelukkig is ons in 'n leë klaskamer met 'n groot lessenaar. Wil jy graag met iets nuuts eksperimenteer?"

"Ek dink nie dat ..."

"Die deur is toe Cynthia. Niemand sal ooit weet nie. En ek sal nooit vertel nie. Ek het te veel om te verloor. Ek tree aan die einde van die jaar af en jy sal my nooit weer hoef te sien nie. Ek kan jou ook help met beurse en ander maniere om jou opleiding meer bekostigbaar te maak. Ons kan mekaar help."

Hy sukkel vir 'n oomblik emosioneel.

"Ek weet nie. Ek is nie daardie soort mens nie."

"Ek sal al die werk doen. Jy hoef niks te doen nie. Ek gaan jou nie mondelings of vaginaal binnedring nie. Ek wil net verken."

"Wat as ek wil ophou?" sy het gevra.

"Dan stop ons."

"GOEDIE."

"Kom voor in die klas. Lê met jou maag op die personeeltafel."

Cynthia staan op en stap na die hooftafel toe.

Sy het haar bes probeer om 'n dapper gesig op te sit.

Dit was 'n lyn wat sy nooit gedink het sy sou oorsteek met 'n man nie, maar sy was.

Sy was bereid om haar liggaam deur 'n veel ouer onderwyser te laat gebruik, alles ter wille van haar opvoeding.

Sy het vir haarself gesweer dat niemand dit ooit sal weet nie.

Hy het sy maag en bors op die tafel laat rus en na die leë klaskamer kyk.

Sy maak haar oë toe, amper in 'n staat van skaamte.

Sy hoor hoe die professor agter haar aanstap.

Dan voel sy hoe sy hande saggies teen haar kantoorpotloodrok opskuif en dit oplig.

"Ontspan," het hy gesê. "Ek sal gaaf wees met jou. Jy is veilig by my."

Die juffrou het haar broekie saggies afgetrek, en sy het elke voet opgelig sodat hy dit kon uittrek.

Sy het kwesbaar en ontbloot gevoel met haar rok opgetrek en geen broekie nie.

Hy hoor hoe die papiersak oopkraak.

Sy het voortgegaan om haar oë toe te druk.

Ek was te bang om te kyk.

Toe voel hy hoe sy enkels met 'n sagte tou vasgebind word.

Sy het nie weerstand gebied nie en nie beswaar gemaak nie.

Dit het baie vinnig gebeur.

Voordat sy twee keer gedink het, was haar enkels aan die punt van die tafelpote vasgemaak.

Die professor het om die tafel beweeg en die proses met sy polse herhaal.

In 'n ewe vinnige proses is Cynthia se polse aan die punt van die tafel vasgebind.

Sy was heeltemal in bedwang en vasgebind.

"Ontspan asseblief," het hy gesê. "Dinge sal makliker wees op die manier."

Die juffrou het Cynthia se kaal onderkant saggies geklap.

Dit was vir haar 'n skok en 'n verrassing.

Dit het sy oë laat rek.

Selfs toe sy klein was, is sy nog nooit geslaan nie.

Dit was 'n nuwe sensasie.

Voordat sy die situasie emosioneel kon verwerk, het nog 'n pak slae gekom.

Dan nog een.

Die sagte pakslae het al hoe harder geword.

Die pakslae het in die groot universiteitsklaskamer begin weerklink.

"Hoe voel jy?" het hy op vaderlike wyse van hom gevra. "Kan jy dit hanteer?"

"Dit steek 'n bietjie."

"Dit sal binnekort verby wees. Hoe gouer jy klaarkom, hoe gouer sal ons klaar wees."

Sy oë bly wawyd oop.

Hoe lank voor ek klaarkom?

Hy was van plan om haar orgasme te maak, en sy het nie weerstand gebied nie.

Sy het nie terugbaklei nie.

Sy het nie vir hom gesê om te fok nie.

Haar feministiese waardes het erodeer, en ten diepste het sy daarvan gehou.

Hy hoor die geluid van die professor wat terug in sy bruin sak steek.

Ek was senuweeagtig en het nie geweet wat om te verwag nie.

Toe hy die sak laat val, het sy ontdek waarna sy gesoek het.

Daar was nog 'n klap aan haar ontblote agterkant.

Dit was nie met sy hand nie.

Nou het ek 'n klein rubbergraaf gehad.

Die graaf het meer seer as sy kaal hand.

Ek het 'n steek gevoel gehad.

Hy het voortgegaan om haar kaal boude te stamp.

Dit het meer seer begin maak.

Sy boude het 'n helder rooi skakering geword.

Sy het haar onderlip gebyt en probeer om nie soos 'n simpel dogtertjie te huil nie.

Sy wou nie swak voor haar dominante en sterk onderwyser voorkom nie.

Die pyn het gegroei.

Die onderwyser het aangehou om harder en vinniger te slaan.

Sy wou huil.

Skielik het hy gestop.

Sy het geluister hoe hy die paddle op die tafel plaas, en dan kniel hy neer om saggies oor haar brandende boud te streel.

Hy vryf dit op 'n sagte manier.

Hy het haar sagte soene gegee.

Toe reik hy af en speel met haar geswelde klit.

"O..." kreun sy.

Sy kon vermy om geluide tydens die pak slae te maak, maar nie weens die direkte stimulasie van haar geswelde klitoris nie.

Die professor vryf haar klit in 'n vinnige sirkelbeweging met twee vingers.

Met sy ander hand het hy aangehou om haar seer boud te streel.

Hy het aangehou om haar gat saggies te soen asof hy dit aanbid.

Hy het dit selfs 'n paar lekke gegee.

"Ek dink ek gaan klaarkom," het sy verleentheid erken.

"Kom vir my, skat. Wees my klein sekskatjie en kry 'n wonderlike orgasme."

Hy druk sy gesig teen haar seer boude en bly verwoed aan haar klit vryf.

Cynthia se oë rol terug.

Sy mond was wawyd oop.

Sy liggaam het gespanne.

Die spiere in sy rug en bene het saamgetrek, maar daar was geen manier waarop hy kon beweeg nie aangesien sy ledemate aan die lessenaar vasgemaak was.

Sagte gekerm ontsnap sy mond.

Kort voor lank het 'n riviertjie helder vloeistowwe uit haar warm poesie gestroom.

Die professor het nie sy bewegings met sy vingers gestop totdat alles uit was nie.

Toe gee hy haar gat nog 'n soen.

Die professor staan op en soen Cynthia op die kant van haar gesig.

Hy het haar hare ook 'n paar keer gesoen.

Toe die professor Cynthia losmaak, het sy in die fetusposisie op die vloer gesit.

Sy lyf voel soos jellie.

Sy krag was weg.

Die professor het langs haar op die vloer gesit.

"Jy is wonderlik," het hy gesê. "Regtig wonderlik."

"Is dit wat jy wou hê?" antwoord sy met 'n diep asem.

"Dit was meer as wat ek wou hê. Jy is regtig ongelooflik."

"Beteken dit ons is klaar?" Vra sy, onseker of hy wil hê dit moet eindig of nie.

"Nee. Ons is nie eers naby om klaar te wees nie. Van nou af het jy 'n A+ in my klas gekry. Maar jy het nog nie my verbindings verdien nie. As jy voortgaan, sal ek my bes doen om jou te kry. in die regskool van jou keuse. En ek sal jou help om beurse te kry om vir alles te betaal."

"Wat ek moet doen?"

"Nou, ek wil hê jy moet aanhou studeer vir jou ander eksamens. Jy is 'n tipe A-student. Jy moet so optree."

"En toe?" sy het gevra. "Wat sal gebeur nadat hy die eksamen afgelê het?"

"Beplan jy om iewers heen te gaan? Woon jy naby jou gesin se huis? Of bly jy in 'n gemeenskaplike koshuis?"

"Ek deel 'n woonstel met my kamermaat. Ons gaan albei huis toe na die finale week. Ons het vlugte geskeduleer. Hoekom?"

Die professor trek sy hand deur sy hare.

"Kanselleer jou vlug. Herskeduleer dit vir 'n paar dae later."

"Maar my familie? Hulle verwag my binnekort by die huis."

"Ek sal net 'n paar dae nodig hê. Sê vir hulle jy is besig om 'n belangrike projek vir skool klaar te maak. Hulle sal verstaan."

"Wat gaan ons doen?" sy het gevra.

"As jou kamermaat vertrek, wil ek jou woonstel besoek. Ek wil sien hoe jy woon. Ek wil my tyd saam met jou neem. Ek wil hê ons moet alleen saam wees. Ek is nuuskierig oor jou op 'n persoonlike vlak. Soos Ek het al voorheen genoem, ek stel baie in jou belang." . Jy fassineer my ".

"Wat van ... seksueel ... Wat is jou planne vir my?"

Hy glimlag.

"Ons sal dit uitvind."

"Jy gaan nie met my fok nie. Ek het 'n kêrel en dis waar ek die streep trek."

"Wat kan jy dan vir my doen?"

Sy dink vir 'n oomblik.

"Jy kan my weer slaan."

"Sal jy my haan suig?"

Sy knik huiwerig.

"Goed. Maar dit sal dit wees."

"Ons beter aan die gang kom. Moenie jou broekie vergeet nie. Hulle is op die tafel. En moenie ons planne vergeet nie. Ek belowe dit sal alles die moeite werd wees."

Daarmee staan die professor op en sit die toue en roei terug in die bruin sak.

Toe is hy weg en laat haar alleen in die sitkamer.

Cynthia het voortgegaan om in die fetale posisie te sit terwyl sy haar gedagtes versamel het.

Die orgastiese gevoel het steeds deur haar liggaam gevloei.

Hy kon steeds nie sê of hy die ervaring van slawerny liefhet, en of hy dit haat nie.

Maar die klein plas vloeistowwe wat hy agtergelaat het, het hom die antwoord gegee.

VIERDE DEEL
NA WAT OOREENGEKOM IS

'n Week later.

Cynthia het by die venster van haar woonstel uitgekyk om die uitsig wat buite haar huis ontvou, in te neem.

Ek was alleen.

Teresa was reeds weg nadat sy al haar eindeksamen voltooi het.

Cynthia moes ook weggegaan het.

Sy moes nou al by haar gesin tuis gewees het.

In plaas daarvan het sy vir die professor gewag.

Ek het reeds vir hom die adres gegee.

Sy het in 'n meditatiewe toestand gewag vir hom om te kom.

Sy het 'n mooi blou rok aangehad.

Dit was elegant en gemaklik.

Sy was kaalvoet en het niks onder haar rok aangehad nie.

Alles wat hy met die professor gedoen het, was teen sy aard.

Hy was teen die sterk waardes waarmee hy grootgemaak is.

En dit was teen die waardes wat ek as toekomstige prokureur wou verdedig.

Maar die onderwyser het haar die beste orgasme van haar lewe gegee.

Ek het elke dag aan daardie orgasme gedink.

Hy masturbeer elke aand en dink aan die onderwyser.

Hy het gewonder wat hy beplan het.

Die klok op die straatdeur lui en sy laat die professor die gebou in.

Sy het die woonsteldeur oopgemaak en vir hom gewag.

Toe hy uit die hysbak op die vloer van sy woonstel stap, het sy vir hom geglimlag.

Hy was geklee in 'n semi-informele uitrusting en het 'n bruin papiersak gedra.

Hulle het mekaar gegroet en hy het sy woonstel met selfvertroue binnegegaan, asof hy daar woon.

Cynthia het die deur toegemaak en hy het in die kamer rondgekyk nadat hy sy skoene uitgetrek het.

"Pragtige plek," sê hy terwyl hy aanhou om die kamer te bekyk.

"Dankie. Ek woon al amper vier jaar hier saam met my kamermaat. Ons het die beste gedoen wat ons kon."

"Het jy jou kamermaat hiervan vertel?"

"Nee. Om God se ontwil, nee. Ek het vir niemand gesê nie. En ek sal nooit."

"Ek moet so aanhou," het hy geknik. "Jy lyk pragtig in daardie rok. Jy is soos 'n geskenk wat wag om oopgemaak te word."

"Dankie," antwoord hy senuweeagtig. "Kan ek vir jou iets kry om te drink?"

"Dit gaan goed met my. Gee jy om as ons gaan sit en gesels?"

"Natuurlik."

Hulle het albei op die sitkamerbank gesit.

"Ek het 'n geskenk vir jou," het hy gesê.

Hy steek sy hand in die bruin sak en gee vir Cynthia 'n koevert.

Sy het dit oopgemaak en 'n getikte brief op 'n stuk papier gesien wat die amptelike punte en titels van die universiteit gehad het.

Hy blaai vinnig deur die bladsy.

Dit was 'n gloeiende aanbevelingsbrief van die professor, wat gesê het dat Cynthia sonder twyfel die slimste student was wat hy nog ooit ontmoet het.

Hy het ook gloeiend sy morele karakter en werksetiek geprys.

Daar was selfs 'n lang verklaring oor Cynthia se passie vir vroueregte.

"Ek... ek is sprakeloos," kry sy dit reg om te sê. "Dit is wonderlik. Dit is beter as enigiets wat vir my geskryf kon gewees het."

"Jy sal waarskynlik nie daardie brief nodig hê nie. Ek het al met 'n ou vriend gepraat wat by 'n topvlak-regskool werk. Jou aansoek sal spesiale evaluering ontvang."

"Watter skool?"

"'n Hoër vlak. Jy sal baie gelukkig wees daar. Ek het ook met mense gepraat oor moontlike beurse. Alles sal in hierdie dae gereël word."

Sy sit haar hande op sy bors.

"Jy het geen idee hoe gelukkig dit my maak nie. Ek bedoel, WOW. Dit is meer as waarvoor ek ooit kon hoop. Dit gaan regtig my lewe verander."

"Ek het nog nooit so baie vir 'n student gedoen nie. Ek doen dit net vir jou."

"Ek weet nie wat om te sê nie".

"Jy hoef niks te sê nie," sê hy streng. "As jy jou dankbaarheid wil uitspreek, trek jou rok uit."

Dit was 'n ontnugterende oomblik.

Sy sorgelose oomblik van opgewondenheid is ontmoet met die realiteit dat daar voorwaardes was om te voldoen.

Sy haal diep asem en staan op.

Hulle oë was op mekaar gerig.

Sy vingers knyp die onderkant van haar blou rok vas.

Sy lig toe haar rok oor haar kop om haar skraal bene, geskeer poes en parmantige klein borste met pienk tepels te openbaar.

Sy het kaal voor hom gestaan en haar bes probeer om 'n dapper gesig te hou.

Sy het probeer om geen tekens van senuweeagtigheid of opgewondenheid te toon nie.

Maar sy effens bewende vingers het sy senuweeagtigheid verraai.

En haar verharde pienk tepels het heeltemal styf geword, wat haar opwinding wys.

"Perfek," het hy gesê, sy oë dwaal oor haar kop-tot-toon-naaktheid. "Jy is 'n visie van perfeksie."

"Dankie."

"Ek is seker jy wonder wat in die sak is. Jy lyk senuweeagtig. Moenie bekommerd wees nie, ek is nie 'n sadis nie. Ek is net 'n normale man met 'n baie algemene fantasie."

Sy oë het voortgegaan om oor elke duim van haar lyf te dwaal en haar skoonheid in te neem.

"Watter fantasie is dit?" Vra sy met opregte nuuskierigheid.

Hy staan op en steek sy hand in die sak.

Hy het vir 'n oomblik gedink om 'n definitiewe antwoord op Cynthia se vraag te gee.

"Ek is lief vir intelligente, onafhanklike vroue. Iemand soos jy. Ek het jare gelede op literatuur oor seksuele slawerny afgekom en vreemd daartoe aangetrokke gevoel. Ek het baie skuldig daaroor gevoel, want ek was nog altyd 'n groot ondersteuner van vroueregte." soos jy. Maar dit is net 'n seksuele fantasie, reg? Niemand kry seer nie. En almal geniet dit. Stem jy nie saam nie?"

"Ja".

"Dit is 'n baie algemene fantasie. Daar is geen skande om dit te geniet nie. Daar behoort nie te wees nie."

Die professor het 'n swart halssnoer uit die sak gehaal.

Dit het eroties gelyk, maar intimiderend.

Dit is spesifiek vir seksuele doeleindes gemaak.

"Wat is dit?" sy het gevra.

"Dit is 'n halssnoer vir jou nek. Ek dink dit sal goed op jou lyk. Daar staan 'slet' daarop. Dit is 'n prettige naam vir ons tyd saam."

"Het jy dit met ander vroue gedoen?"

"Nee. Ek het nog nooit die moed gehad nie. Ek was nog nooit baie dapper nie."

"Jy het my nou."

Hy glimlag.

"Jy is reg. Ek het jou. Ontspan nou terwyl ek die kraag op jou sit."

Die onderwyser het die sak op die rusbank gesit en Cynthia se hare geborsel.

Hy het die halssnoer om sy nek gedraai en dit begin styftrek.

Hy was versigtig om dit nie te styf te los nie.

Ek wou nie hê hy moes oorweldig of versmoor word nie.

Hy wou haar net 'n bietjie ongemaklik laat voel, en hy het.

Toe hy terugstap, was Cynthia kaal, behalwe vir die halssnoer met die woord WHORE voor op haar keel.

"Kyk in die spieël," het hy gesê.

Cynthia stap na die sitkamerspieël, wat reg langs die voordeur was.

Sy kyk na sy naakte lyf.

Sy kyk na die kraag om haar nek wat haar as 'n hoer bestempel het.

Dit was teen al die beginsels wat sy verdedig het.

Sy voel skaam vir haarself.

Maar terselfdertyd het sy baie opgewonde gevoel.

Niemand kan iets hiervan weet nie.

Nooit nie.

"Wat dink jy?" vra hy en staan agter haar met 'n tou in sy hande.

"Dit is 'n uitdagende gesig."

"Dit is. Sit nou jou hande bymekaar. Ek gaan jou vasbind."

Cynthia sit haar hande bymekaar en die professor het haar polse met 'n sagte swart tou vasgebind terwyl hy nog agter haar staan.

Dit het nie lank geneem nie.

Binne oomblikke is hulle hande gevat.

"Nou wat?" Sy het hom gevra.

Hy stap terloops terug terwyl hy na haar kyk.

Hy het in die middel van die kamer gestaan en haar direk in die oë gekyk.

"Nou wil ek hê jy moet my haan suig. Ek is seker jy is baie goed daarmee. Ek wil hê jy moet 'n gehoorsame sekskatjie wees en my wys hoe goed jy kan suig."

Cynthia stap na hom toe met haar hande vasgebind.

Hy was baie langer as sy.

Na kort oogkontak het sy neergekniel en sy broek met sy vasgebind hande begin oopknoop.

Sy het sy broek tot by sy enkels getrek om 'n semi-regop penis te openbaar.

Sy kyk vir 'n oomblik na hom.

Dit was 'n bietjie groter as haar kêrel s'n.

Hy het dit in sy hand gehou en vlugtig daaroor gestreel voordat hy stilgestaan het om te dink.

Sy het gehuiwer.

"Ek wil hê jy moet weet dat ek dit nie normaalweg doen nie," het hy na besinning gesê. "Ek het net hierdie soort ding in verhoudings gedoen. Ek was nog altyd daarteen dat vroue hul liggame of hul seksualiteit gebruik om te kry wat hulle wil hê."

"Dis presies hoekom ek my haan in jou mond wil hê."

Die opmerking het haar 'n bietjie aanstoot gegee.

Maar dit het steeds 'n tinteling tussen haar bene gestuur.

Sy leun oor om sy haan te suig.

Sy was nog altyd mal daaroor om al haar kêrels se pikke te suig.

Dit was iets wat hy geniet het sedert die eerste keer dat hy dit gedoen het.

Dit het vir haar 'n baie opwindende seksuele ervaring geword.

En daar was nog nooit enige klagtes nie.

Sy het nog altyd goeie resensies ontvang vir haar orale seksvaardighede.

Met haar lippe om die haan gevou, skud sy haar kop terwyl sy suig.

Sy vasgebind polse het sy handbeweging beperk.

Haar tong draai om die kop en haan.

Sy kyk op na die onderwyser bo haar terwyl sy aanhou suig.

Hulle het oogkontak gemaak, wat ietwat opwindend en gedeeltelik vernederend was.

Sy kyk weg toe sy sy piel dieper in haar mond begin vat.

Toe suig sy elkeen van sy balletjies.

"Jy is puik hiermee," kreun hy. "Ek het geweet jy sou wees. Jy het die perfekte lippe hiervoor."

"Dankie," fluister hy, nadat hy kortliks sy haan uit haar mond verwyder het.

Sy het teruggegaan werk toe, met die hoop om hom so vinnig moontlik te laat klaarkom.

Hoe meer moeite sy aangewend het om sy haan te suig, hoe meer aangetrokke het sy in die proses geword.

Hy het nie nodig gehad om aan haar poes te raak om te besef dat sy sopnat tussen haar bene is nie.

"Dit is vir eers genoeg," het hy gesê. "Ek wil hê jy moet oor die eetkamertafel buk. Op jou maag. Ons gaan oor 'n oomblik seks hê."

Sy kyk verstom na hom.

"Ons ooreenkoms was vir 'n blowjob. Dis al."

"Aanbiedings kan altyd verbeter word."

"Asseblief. Ek het net ingestem om jou 'n blowjob te gee."

"Raak jouself tussen jou bene. Jou liggaam weet wat hy wil hê. As jy droog is , dan kom ek uit en gee jou alles wat jy wil hê. As jy nat is, het ons nog werk om te doen."

Die onderwyser was aanhoudend.

Cynthia het geweet dit maak sin.

Sy hart wou dit hê.

Haar poes wou dit hê.

Daar was geen sin om te baklei nie.

Wat jy ook al daarmee doen, dit sal goed voel.

Hy gaan haar weer laat kom.

So hoekom weier?

Hy staan op en stap na die eetkamertafel, wat net 'n paar meter verder is.

Sy leun oor en plaas haar hande, gesig, borste en maag op die tafel.

Die tafel waar sy ontelbare maaltye met haar beste vriendin gedeel het, het skielik 'n plek van seksuele bevrediging geword.

Sy het gewonder wat hy volgende sou doen, maar sy het geen idee gehad nie.

Sy het nie geweet wat om te verwag nie.

Hy hoor die geluid van die sak wat skuifel terwyl die professor soek.

Die professor het sy gebonde hande met nog swart tou aan die pote van die tafel vasgebind.

Cynthia se polse was heeltemal vasgehou en daar was geen manier waarop sy haar arms kon beweeg nie.

Die professor het ook elkeen van hul enkels aan die onderkant van die tafel vasgebind.

Cynthia se bene was gesprei, en haar poesie en anus was wyd oopgesprei.

"Weet jy wat 'n plaag is?" gevra.

"Ja," antwoord hy senuweeagtig.

"Ek gaan dit op jou gebruik. Moenie bekommerd wees nie. Ek gaan jou nie seermaak nie. Dit kan dalk 'n bietjie seermaak. Laat weet my as dit te veel is."

Cynthia druk die tou styf toe die sweep haar boude tref.

Die tweede hou was kragtiger.

Hy onthou die gevoel van die laaste pak slae maar te goed.

Dit was 'n gevoel wat hy nooit sou vergeet nie.

Maar die geseling was baie kragtiger as die graaf.

Elke punt van die geseling het 'n tintelende sensasie deur haar poesie en ruggraat gestuur.

Elke punt van die flagellum het haar seksueel gestimuleer.

Die geseling het na sy bo-rug beweeg.

Die geklik was hard langs sy oor.

Dit het gesteek.

Sy het elke keer as sy raakgery is begin kreun.

Die pyn het al hoe skerper geword.

Maar so ook die plesier.

Dit het 'n kragtige en perfekte kombinasie geword.

Hy het haar hard op haar rug geslaan en haar poes het nat geword.

Sy kreun hard met elke slag.

Toe haar rug rooi word, het hy sy sweep se aandag na onder gerig en die agterkant van haar bobene getref.

Die area was so sensitief dat dit haar amper laat skree het.

Cynthia het die tou stywer vasgegryp in die hoop om die pyn te verlig.

Die geseling het na elkeen van Cynthia se boude beweeg.

Dit was die plek wat hom die meeste plesier verskaf het.

Elke punt van die sweep het haar hard getref en haar geiler gemaak.

Die geseling het vir 'n genadige oomblik opgehou, en die professor het twee van sy vingers in haar poes ingedruk.

"My God," het hy gesê. "Jy is soos 'n kraan. Arme ding."

"Ek ... moet kom."

Hy glimlag.

"Oor 'n paar oomblikke, skat. Ons moet eers ons voorspel klaarmaak."

Die professor het teruggekeer na sy sweepposisie en Cynthia saggies reg tussen die boude geslaan.

Sy kreun toe die punte van die spank die ultra-sensitiewe vel van haar poesie en anus direk tref.

Hy het haar vir 'n oomblik by die pyn laat aanpas voordat hy nog 'n hou in haar rigting gestuur het.

Hy het voortgegaan om haar poesie en anus te slaan.

Hy het die pak slae laat sak en sy oop hand gebruik om haar sensitiewe seksuele area te klap.

Die pak slae was aanvanklik sag.

Maar toe verhoog hy die krag vir elke pak slae.

Hy het selfs gesorg dat hy haar geswelde klit slaan, wat haar soos 'n hoer laat kreun het.

Sy hand het klam geword van Cynthia se poesvloeistowwe na elke pak slae.

"Ek dink jy is gereed. Wil jy nou kom?"

"Ja," kreun sy.

"Jy was 'n goeie meisie. So dit is net regverdig dat ek jou dit laat doen."

Hy steek weer in die sak.

Cynthia kon nie sien waarna die professor gesoek het nie.

Al wat ek gehoor het, was die geraas van die aandelemark.

Sy voel toe hoe sy vingers haar lippe sprei terwyl hy 'n voorwerp insit.

Dit was 'n seksspeelding.

Glad en perfek gevorm.

Dit het maklik in haar poes ingeskuif as gevolg van sy klein grootte, wat haar bietjie teleurgestel het.

Sy het iets groters nodig gehad.

Die seksobjek het van haar poes onttrek, wat haar weer teleurgestel het.

Terwyl die voorwerp teen die buitenste ring van haar anus druk, het sy besef wat besig was om te gebeur.

Die juffrou het net die voorwerp in haar poes ingesit om dit te smeer.

Die seksvoorwerp was vir haar boude bedoel.

Sy het haarself vasgemaak terwyl die klein seksspeelding stadig in haar anus gedruk is.

Dit het die stywe ring binnegedring en in haar rektum ingegaan.

Die professor het sy tyd geneem en dinge stadig gedoen, en wou haar nie seermaak nie.

En sy het die sensasies geniet om uitgerek te voel.

Gou het hy die pyn vergeet wat hy van die geseling gevoel het.

Die effense pyn van die seksspeelding in haar gat was baie kragtiger en opwindender.

Sodra die klein seksspeelding in haar boude was, het die juffrou dit as stimulasie daar gelos.

Toe weerklink die geluid van 'n pakkie wat oopgemaak word in die stil kamer.

"Wat maak jy?" vra Cynthia met haar gesig steeds na onder.

"Ek sit 'n kondoom op. Ek gaan jou poes naai want jy is 'n slet."

Daardie woorde het 'n tinteling oor haar ruggraat gestuur, en 'n opwinding vir haar poes.

Al was sy enkels vasgebind, het hy sy bes probeer om sy bene verder te sprei.

Sy wou genaai word.

Sy wou soos 'n stuk vleis gebruik word.

Sy het geweet die onderwyser sal haar nie in die steek laat nie.

Hy gryp haar heupe styf vas en druk sy harde piel teen haar lippe.

Hy druk saggies en gaan in.

Dit was 'n maklike inskrywing aangesien sy uitgesprei en diep opgewonde was.

Cynthia se poes was 'n massa warm begeerte.

Die professor het die gevoel van sy universiteitstudent se poes geniet.

Toe druk hy heelpad in, en laat Cynthia haar gesig in die tafel druk en hyg.

Die professor het albei hande op Cynthia se skouers geplaas en haar opgetrek.

Hy het sy heupe stadig beweeg en haar naai.

Cynthia kreun elke keer as hy sy haan in haar lyf gedruk het.

Met sy hande vasgebind druk hy hard toe hy aan die tou trek.

Haar delikate poesie het 'n harde naai gekry en haar gekerm het harder geword.

Hy streel met een hand oor haar hare en maak seker dit is agter haar rug.

Toe reik hy met dieselfde hand af om een van haar klein tiete te streel, en knyp die opgeswelde pienk tepel.

"Is jy my hoer?" vra hy in 'n verdorwe stem.

"Ja."

"Sê dit."

"Ek is jou hoer," kreun hy. "Jou vuil hoer."

Hy het aangehou om haar nog harder te naai.

Hy het voortgegaan om haar skouer met een hand te druk, en haar tiet met sy ander hand te buig.

"Jy is nie 'n feminis met my nie, is jy?"

"Geen."

"Wat is jy?" gevra.

"Ek is jou hoer," kreun hy. "Ek moet so behandel word."

Hy het haar nog harder genaai.

Haar warm seks het harde klapgeluide gemaak van sy kruis wat haar sagte gat getref het elke keer as hy 'n stoot gegee het.

Sy gekerm het verander in wisselvallige asemhalingsgeluide toe hy beheer oor sy liggaam se sintuie begin verloor het.

Sy laat gaan.

Sy het haar liggaam heeltemal aan die professor gegee.

Alles van haar was syne.

Hy het albei hande gebruik om haar tiete te streel en haar tepels hard te knyp, wat haar laat snak van pyn.

Hy knyp hulle harder vas, sodat sy 'n bietjie meer hyg.

"Ek... moet kom..." sê sy swak.

"Sê dit harder!"

"Ek moet kom! Asseblief!"

Hy het presies geweet wat om te doen.

Die onderwyser laat sak sy hande.

Een om jou heup te ondersteun.

Die ander een reik af om haar klitoris te streel.

Cynthia kreun die oomblik toe hy haar klit in 'n sirkelbeweging vryf.

Op daardie oomblik is Cynthia gestimuleer deur haar poes wat genaai word, die seksspeelding in haar gat en die vinger wat met haar klit speel.

Sy gil hard en gee nie om of die bure haar kan hoor nie.

Hulle het waarskynlik.

Wie ook al geluister het, sou waarskynlik opgewonde wees.

Sy het nie omgegee nie.

Cynthia gil en haar vingers krul.

Sy arms en bene het met alle mag aan die tou getrek, maar tevergeefs.

Sy laerug het probeer boog, maar die houvas was te sterk.

Sy gesig het gedraai van plesier.

Sy oë rek groot.

Sy het gekom.

Kragtig.

Vloeistowwe was oral.

Haar klein poesie het 'n sekshaan geword.

Die professor was besig om sy orgasme te nader.

Selfs toe Cynthia se lyf slap geword het en van energie gedreineer het, het hy aangehou om haar deurweekte poes te naai totdat hy tevrede was.

Hy het groot hoeveelhede sperm in die kondoom geskiet wat hy gedra het.

Hy knor, en toe stop sy stote voor hy op Cynthia se rug gaan lê het om te rus.

Hulle was albei 'n volledige sweterige gemors teen die tyd dat die seks verby was.

Hy het aanhoudend die hare op haar agterkop gesoen.

"Jy is 'n godin," grom hy asemloos. "'n Ware godin. Jy het 'n man heeltemal gelukkig gemaak."

Cynthia was steeds uitgeput en het hard asemgehaal.

"En jou vrou doen dit nie?" Sê sy in 'n sug.

"En jou kêrel?" Sê hy ewe in 'n sug.

Hulle het albei gelag.

"Maak my los," kry sy dit reg om weer saggies met 'n ligte asem te praat.

Die juffrou trek sy slap, kondoombedekte piel uit haar poes en begin haar losmaak.

Toe sy vry was, het Cynthia op die vloer gelê, in haar eie vaginale vloeistowwe.

Die professor het langs haar gesit en haar sagte hare gestreel.

"Ek gaan vir jou gee wat jy ook al wil hê. Ek sal my bes doen. Jy is manjifiek."

Sy kyk na hom.

"Jy ook. Ek het nog nooit ... nog nooit so gekom nie."

"Ons het nog 'n paar dae om saam te wees. Ek is van plan om die meeste van hulle te maak. Vir die volgende paar dae sal jy my vuil klein sekskatjie wees. Dan kan jy huis toe gaan na jou gesin en jou kêrel en jou rus geniet ."

Sy glimlag.

" Ek geniet reeds my ruskans."

Daarmee het Cynthia haar kop op die professor se skoot laat rus.

Sy het die nat kondoom verwyder.

Sy het die slap penis in haar mond geneem en die res van die sperma uitgesuig.

Die professor kreun.

BAIE BEGRIP DOKTER

"Die dokter sal jou dadelik sien, meneer; sit net daar, asseblief."

Andrew knik toe hy na die ondersoektafel stap en gaan sit.

'n Vou sneespapier het die draagbaartafel gevul.

Sy het die mou van haar hemp afgerol toe die verpleegster die deur agter haar toemaak en sug.

Dit het hom baie gekos om homself te oortuig om dokter toe hieroor te gaan, maar hy het uiteindelik genoeg gehad en was keelvol.

Om nie te praat van hy was gefrustreerd met sy eie liggaam nie.

Dit het soos 'n ewigheid gelyk voor die deur weer oopgaan, maar toe die jong vrou uiteindelik inkom, en Andrew se dwaalgedagtes verbreek, het hy vasgestel dit is die wag werd.

"Hallo, meneer Harrison, ek is jammer vir die wag. Ek het baie pasiënte gehad wat ek vandag moes sien."

Die dokter het na haar lessenaar gegaan en 'n aktetas, wat die verpleegster daarin gelaat het, geneem met die aantekeninge wat sy gemaak het na die vrae wat sy my gevra het oor die doel van my besoek.

"Almal van hulle het ongetwyfeld 'n rede gevind om jou te kom sien, dokter, ek weet ek sal beslis!"

Sy oë, 'n pragtige skakering van blou waarin jy gevoel het jy kan gaan swem, het van sy knipbord opgestaan om joune te ontmoet.

'n Glimlag verskyn aan die rande van sy lippe.

Baie, baie goed gevormde lippe.

"Probeer jy vir my sê jy het vandag hierheen gekom om my tyd te mors, meneer Harrison?"

Hy het gegiggel.

"Ver van dit, ongelukkig, Dr. Martínez. Ek is bevrees ek het 'n baie werklike probleem, hoewel jy die eerste persoon is wat ek daaroor kom sien het."

Hy kyk af na sy knipbord.

Terwyl sy by die klein lessenaar gesit en lees het, het ek gekyk hoe sy haar bene kruis.

Sy was 'n taamlik kort Latina-vrou, maar haar kaal bene, onder die romp van haar mediese toga, het gelyk of dit kilometers lank hou.

Andrew wens dat die potloodrok nie net bo sy knieë eindig nie.

"Hier staan dat jy geweier het om met die verpleegster te praat oor die presiese aard van jou besoek, meneer Harrison, so... praat gou met my, asseblief, voor jy kan voortgaan."

Andrew se skouers het 'n bietjie gesak, aangesien hulle gehoop het om hierdie vrou in 'n effens meer privaat gesprek te betrek voordat sy sy gedagtes onderbreek met die doel van haar besoek.

Maar ... sy het veronderstel sy moet seker maak dat hy nie net 'n hipochondrier is wat te veel oor een of ander onderwerp op die internet gelees het nie.

"Ek uh ... wel, dit lyk of ek 'n paar ... voortdurende en aanhoudende probleme in die slaapkamer het."

Sy het een van haar perfekte donker wenkbroue geboë, en hy kon nie ontken dat dit hom 'n bietjie van 'n opwinding gegee het toe haar oë met intrige oor hom gevee het nie.

"Jy blyk 'n relatief jong man te wees in... wel, uitstekende fisiese toestand, meneer Harrison. Voordat ek in meer besonderhede oor jou probleme gaan, vertel my. Hoekom het jy gekies om hierheen te kom? Dit lyk soos 'n nuwe simptoom Ek weet ek het nog nooit 'n "Niemand het voorheen hierheen gekom met daardie probleem nie, so wie het jou vir my aanbeveel?"

"Wel, om eerlik te wees, dokter, ek gaan gewoonlik nie dokters toe nie. Ek hoef nie regtig nie, en eintlik vir hierdie spesifieke probleem, ek... ek voel regtig nie baie gemaklik om dokter toe te gaan nie. om oor hierdie soort ding te praat." van dinge."

Sy glimlag vol, hierdie keer.

Sy plaas die knipbord op die tafel terwyl sy na hom draai en haar hande om sy knie vou.

"Twee dinge, meneer Harrison. Eerstens, noem my juffrou Martinez of Rosa. Tweedens, ek dink ons moet beter nou 'n uitgangspunt vestig: Jy moet heeltemal eerlik en reguit wees, oukei? Dit lyk of dit 'n delikate situasie vir jou is. , "So ek dink dit is belangrik dat ons dit ernstig en sonder vooroordeel behandel, aangesien ons in 'n paar redelik persoonlike redes gaan delf. Is dit nie reg nie?"

"Absoluut, Rosa. En noem my Andrew, asseblief."

Sy knik.

"Goed, Andrew. Sê vir my, presies van watter soort probleme praat jy? Voortydige ejakulasie? Sukkel om 'n ereksie te ontwikkel?"

Andrew voel hoe sy wange vol hitte word, hy kruip 'n bietjie op die draagbaar tafel, laat die geluid van ritselende papier, en antwoord:

"Wel, ek het nog nooit enige probleme gehad nie, nie eers my eerste keer nie. Maar ... ek dink ek sukkel om hard te word en te bly. Die belangrikste ding is dat ek in meer as 'n jaar nie in staat was om orgasme te kry nie. " "

"God, 'n hele jaar; ek dink ek sou sterf as dit met my gebeur het. Het jy enige idee hoekom dit dalk begin gebeur het? Het enige veranderinge of slegte dinge in jou lewe gebeur, enige slegte ervaring met 'n minnaar "Verlies van belangstelling in jou vrou?"

"O, ek het geen probleme met my vrou of enige minnares gehad nie."

Rosa glimlag, maar beduie bemoedigend dat hy moet voortgaan toe hy stilstaan om te dink.

"Ek kan regtig aan niks dink nie. Ek leef al 'n hele paar jaar in dieselfde situasie. Ek is 'n rukkie gelede getroud, en ek het vir 'n paar jaar geen nuwe geliefdes gehad nie."

"Sal jy sê jy het gewoonlik 'n aktiewe sekslewe? Of het iets verander sedert dit begin gebeur het?"

Andrew trek sy skouers op.

"Die situasie het beslis verander sedert dit begin gebeur het. Ek bedoel, ek het 'n paar vriende met wie ek graag seks het, aangesien ons 'n wedersydse begrip het. My vrou het my lanklaas geraak, so daar was nie veel nie. af en toe ontmoet ek 'n vrou in 'n kroeg, wat kan lyk asof daar meer as 'n vriendskap was, maar op die ou end het niemand wat net... die probleem om nie hard te raak nie laat verdwyn nie, dink ek. ".

"En hierdie vriende van jou, weet die meisies met wie jy verhoudings aanknoop dat jy ander vriende het? Dat jy 'n vrou het? Is hulle oukei daarmee? Of hou jy dit geheim?"

Andrew skud sy kop.

Rosa leun vorentoe terwyl sy praat, en hy het opgemerk dat haar bostuk, hoewel nie kort nie, skynbaar breë gapings tussen die knope het.

Die stetoskoop wat hy om sy nek geplaas het, het vasgevang in een van hulle, en het gelyk of hy 'n klein uitsig bied van iets pers onder toe hy sy houding verskuif en aan die stof getrek het.

"As ek in 'n konsensuele verhouding is, hoef ek nie vir hulle te jok nie. Ek steek niks weg as hulle my vra nie. Ek maak seker dat dit duidelik is dat die ander meisies ook my vriende is, en dat ek getroud as hulle belangstel.En dit blyk ook dat daar vriende is wat ek moet sê sy hou baie van seks.As iemand egter na eksklusiwiteit wou beweeg, sal ek natuurlik met haar praat sodat sy nie gaan voort om dit te doen. Anders sou die verhouding afgesny word. Die reaksies is ... gemeng, maar dikwels dat "Dit vertel my baie meer van daardie meisie as wat enigiets anders vir my kan sê."

"Hmm. En sou jy sê jy kan nooit ophou seks met daardie vriende hê nie?"

"Hulle is my vriende. Ek het een keer met 'n meisie uitgegaan waar ons tot op daardie stadium gevorder het, maar ek het opgehou om haar te sien omdat sy daaraan gedink het dat ek eksklusief aan haarself is."

"Hoe het dit gebeur?"

"Sy het blykbaar daardie klein detail vergeet waarop ons ooreengekom het."

"Ek sien. Sê vir my; sou jy sê jy is poliamorous of het jy poliamorese neigings?"

Andrew frons 'n bietjie, ietwat verward oor hoe dit met sy probleem verband hou, maar bereid om dit te hanteer.

"Ek sou sê ek is oop daarvoor, sonder dat ek dit noodwendig nodig het. Ek voel solank 'n paartjie oop en eerlik is met wat hulle wil hê en van mekaar se gedrag verwag, dan moet seks wees wat hulle ook al wil hê dit moet wees tussen hulle."

"En eksklusief?"

"Seker dit kan wees. Tussen hulle, maar oop vir ervarings met ander, hetsy albei saam of afsonderlik, solank albei eerlik is en saamstem. Ek was beslis in verhoudings waar ons elkeen sy of haar vriende deel, ens. Soos ek genoem het, die teenoorgestelde ook, eksklusiwiteit."

"Maar net een?"

"Ander wou ook dadelik eksklusiwiteit gaan, maar ... dit lyk vir my dom."

Andrew trek sy skouers op, maar Rosa frons.

"Hoekom is dit?"

"Wel, byvoorbeeld, met jou. As ons mekaar begin sien het. Ek ken jou nie, maar ek vind jou beslis aantreklik. As ons begin uitgaan, ek veronderstel jy sal my ook aantreklik vind; so wat is fout daarmee om elkeen te geniet. ander seksueel sonder eksklusiwiteit, as ons verantwoordelik is?

"So wat is die verskil tussen dating en vriende met voordele?"

"Die hele doel van afsprake is om iemand te vind met wie jy jou lewe wil deel, reg? Ideaal gesproke vir 'n lang tydperk, indien nie vir ewig as dit by die huwelik kom nie. Vriende... jy mag van hulle hou, of geniet die seks met mekaar, maar hulle het ontdek, saam of afsonderlik, dat hulle nie goed as 'n paartjie werk nie. Op die lang termyn, of in die daaglikse verbintenis. Maar dit beteken nie dat hulle nie goeie seks kan hê nie en laat mekaar goed voel. ander ".

Rosa het gegiggel.

"Eerlik, dit is 'n redelik gesonde perspektief. Ek wens ek het 'n paar vriende gehad met voordele in my lewe soos jy het, aangesien ek die afgelope tyd baie moet ontstres."

Rosa sit regop, amper asof sy 'n professionele houding hervat.

"Ahem. In elk geval, oukei; so... daar was nie enige gebeurtenisse, seksueel, professioneel of persoonlik, wat dalk... baie stres ontmoedig of bygevoeg het nie, of iets?"

"Nie waaraan ek kan dink nie."

"En jy kan nie eers van masturbeer afkom nie? Of van seks hê met van hierdie vriende van jou waarmee jy nog nooit voorheen probleme gehad het nie?"

"Nee, glad nie. En ek het ook nog nooit voorheen probleme gehad om af te klim nie. Dit is regtig frustrerend."

"En jy sê jy sukkel om 'n ereksie te kry en te hou."

"Ja, ek bedoel ek sal opgewonde raak, ek sal styf word, maar nog steeds 'n bietjie uhmmm ... los, as jy dit so wil stel. Dit maak dit moeilik om deur te dring, weet jy? En om eerlik te wees , vandat ons gesê het dat ons gaan wees, hou 'n paar van my vriende REGTIG daarvan dat ek net in die kop kom, deel van die rede waarom ons sulke goeie vriende geword het, en ons is REGTIG goed daarmee. Ek kan naby hulle kom, waarskynlik nader as met enigiets anders, as selfs met my eie hande, maar ek kan nie klimaks nie."

"Kan hulle jou nie ook heeltemal hard kry nie?"

Andrew skud sy kop.

Rosa frons, haar lippe saamgetrek in gedagte.

Sy trommel haar vingers teen sy knie, en Andrew kon nie fantaseer oor hoe dit sou voel om daardie lippe om sy piel te hê nie.

Hy was aangeskakel sodra sy ingekom het, maar hy kon eintlik voel hoe sy piel 'n bietjie styf word elke keer as hy terugkyk na daardie gerieflike opening in haar hemp.

Skielik staan sy op.

"Wel, Andrew, ek dink ons gaan 'n fisiese ondersoek moet doen om seker te maak ons sluit sekere goed uit. Sal jy omgee om kaal te word?"

Andrew steek dadelik sy hand uit om sy hemp te begin losknoop.

"Wel, normaalweg, Rosa, sal ek ten minste eers op 'n goeie aandete aandring, maar vir jou ..."

Rosa bloos 'n bietjie en byt haar onderlip en vou haar hande voor haar.

"Uh... normaalweg wag die pasiënt terwyl die dokter uitgaan, sodat hy sy klere kan uittrek en 'n mediese toga kan aantrek. Dan klop die dokter aan die deur en keer terug op die pasiënt se versoek."

Andrew trek sy skouers op en hou aan om sy hemp oop te knoop om sy harige bors bloot te lê.

"Wat is die punt? Jy gaan my geslagsdele ondersoek, en jy kan my maklik hemploos buite sien op 'n warm somersdag. Boonop is jy haastig en ek gee nie om nie. Ek is nie skaam nie. Beslis niks wat jy nog nie gesien het nie."

Rosa het gegiggel, haar oë val om oor Andrew se bolyf te dwaal toe hy sy hemp uittrek.

"Wel, beslis niks wat ek nog nie gesien het nie, maar ... as jy oukei daarmee is, dink ek dit is geen probleem nie. En jy weet, jy gaan natuurlik in elk geval nie ophou nie."

Andrew lag, staan op en buk om sy broek te begin oopknoop.

"Haai, dit lyk beslis ook nie of jy weggaan nie."

Sy glimlag vir hom terwyl sy haar kop skud, effens terugdeins toe hy van die trappie van die eksamentafel afstap om op die vloer te staan.

Andrew se broek het die vloer getref en hy het dit uitgetrek en met 'n speelse glimlag na haar gekyk terwyl hy sy duime in die lyfband van sy bokserbroek vashaak .

"Moet jy die groot onthulling in die gesig staar, of wil jy eerder omdraai en later sien?"

Sy lag, gee sy speelse uitdrukking terug, haar hande gryp haar stetoskoop.

"Staan my net in die oë; ek is nie seker ek kan weerstaan om jou gat te slaan as jy omdraai nie."

"Wel, in daardie geval ..."

bokserbroek aftrek , sy nou kaal boude in Rosa se rigting wikkel en sy kop draai om na haar oor sy skouer te kyk.

Hy het 'n hand wat sy mond bedek, saggies gelag.

"Jy is SLEG, Andrew Harrison. Dit is baie onvanpaste gedrag in 'n dokter/pasiënt-verhouding!"

"Ek sal niks sê as jy ook nie sê nie, Rosa Martínez."

Sy rol haar oë toe sy haar hand laat val, maar Andrew het opgemerk dat haar oë oor sy hele lyf beweeg terwyl hy na haar draai en sy hande op sy heupe laat rus.

"So wat nou?"

Rosa kyk skerp af en lig 'n wenkbrou met 'n glimlag.

"Wel, dit lyk seker of jy nou nie veel probleme ondervind nie...!"

Andrew volg haar blik; Die haan was styf, dit was duidelik.

Rosa was 'n baie aantreklike vrou, en hy het pret gehad om met haar te flankeer.

"Wel, 'n lyk sal styf word as jy kaal is in dieselfde kamer as jy, Rosa; hoewel dit nie dieselfde is as 'n volle ereksie nie!"

Sy het haar oë gerol en 'n bietjie geglimlag, maar dit het gelyk of sy regtig 'n bietjie voortgesette professionaliteit probeer het.

Sy steek haar hand uit om haar stetoskoop af te haal, maar terwyl sy dit doen, val 'n paar knope op haar bloes oop.

Andrew se oë rek toe hy omdraai om 'n laai oop te maak.

"Klim jy terug op die tafel en ek sal 'n paar handskoene kry..."

Andrew het gedoen soos hy gevra is en gewonder of die oopgevoude knoppies tot 'n beter uitsig sou lei.

Deur Rosa se agterlyf te bewonder toe haar rug na hom gedraai is, het sy gedagtes na verskeie smerige scenario's gedwaal.

"Wel, dit is ongerieflik."

Hy het omgedraai om 'n enkele blou mediese handskoen in die een hand en 'n leë boks in die ander hand te hou.

"Ek sal 'n nuwe boks moet gaan haal. Miskien moet jy 'n... aansit."

" Pshh ; asseblief! Jy het een. Jy ondersoek nie oop wonde of enigiets indringend nie. Ek spoel nêrens iets uit nie. Dit gaan goed met my as jy oukei daarmee is."

Rosa skud haar kop.

"Absoluut nie, dit oortree ek weet nie eers hoeveel reëls nie, en die grootste een is om sterilisasie te verbreek, en ..."

"Dr. Rosa. Jy moet 'n fisiese ondersoek van die area doen om seker te maak daar is geen abnormaliteite nie, nè? Dit is nie asof jy iets inneem of oop wonde aan jou hand het nie, né? Jy gaan ook nie sit jou vingers enige plek op jou hand. my".

Sy kyk in sy oë.

"Jy kan heel moontlik jou prostaat moet ondersoek, eerlik gesproke."

"Wel, jy het 'n handskoen."

"Ek kon net in die gang afgestap het om 'n nuwe boks te gryp en terug te kom."

Andrew glimlag, lig sy hande op, trek sy skouers op en kantel sy kop na die kant.

"En tog het jy nie ..."

Dr. Rosa rol haar oë verontwaardig en sit vinnig die handskoen aan haar linkerhand, terwyl sy haar kop vir hom skud.

Hy kon egter die effense ruk van 'n glimlag op sy lippe sien en die rande van sy oë kreukel.

"Jy is onmoontlik! Maak jou bene oop, meneer!"

Andrew probeer om nie sy eie afwagting te toon nie en sprei dadelik sy bene om Rosa soveel toegang as moontlik te gee.

Hy het geveg om nie te sug van plesier nie terwyl hy die warm, sagte, kaal vleis van Rosa se regterhand om sy lid voel voel krul, gevolg deur die koue, droë handskoen van haar linkerhand wat sy balle bak.

Haar vingers het sy lengte versigtig begin ondersoek terwyl sy sy balsak manipuleer, in konsentrasie frons en ongelooflik sexy lyk terwyl sy effens ingeleun het.

Sy oë het groot geword toe haar hemp 'n bietjie val om 'n heerlike, romerige uitspansel van sagte borste te openbaar, omhul en ondersteun deur 'n pers gegolfde bra.

Hy voel hoe sy polsslag versnel, voel hoe sy piel styg van opgewondenheid en opgewondenheid van beide die kontak en die gesig.

"Ek voel geen abnormale stampe of breek nie, so dit is goed. Om die waarheid te sê, ek kan eintlik ... o! Wel, dan ... iemand reageer seker skielik verskriklik ..."

Sy lig haar gesig om na hom te kyk, en Andrew voel nog 'n stygende golf van seksuele begeerte en spanning bou.

Hoe sal dit voel om jou haan in daardie gedeeltelik oop mond te sink en die talent van jou tong op jou gretige haan te voel?

Hy skeur sy oë senuweeagtig weg, bang sy sien die naakte, rou wellus in hulle.

"Ek uh ... wel, Rosa, uhmmm ... om eerlik te wees ..."

Was dit 'n...breinprobleem, nie net as gevolg van die suiwer kliniese ondersoektegniek wat jou hierdie gevoel begin gee het nie?

Andrew kon nie seker wees nie.

Sy voel egter die byna oorweldigende drang om teen sy greep te begin druk.

"Andrew, onthou; ons het gesê ons gaan opreg en eerlik met mekaar wees. Geen vooroordeel nie."

Andrew draai onwillig om om na haar te kyk.

Sy gesig was kalm, maar... dit het gelyk of daar 'n skynsel in sy oë was.

Op een of ander ... spesifieke manier het sy haar lippe saamgetrek. Afwagting?

Die gesig van haar hande op hom, die nabyheid van haar gesig aan sy kruis.

As sy haar kop draai, kan hy seker die aanraking van haar asem teen sy vel voel.

Die uitsig van haar nogal ongelooflike kyk borste was ook iets skouspelagtig.

Die manier waarop hy haar onbewustelik so gekyk het - onwillekeurig, onskuldig, maar duidelik intiem en privaat - was bedwelmend.

Hy voel hoe sy piel in sy hande ruk, dit lyk asof sy opwinding buite beheer is.

"So, eerlik, Rosa, dit is 'n lang, lang tyd sedert ek 'n duidelik intelligente, snaakse, sjarmante en eenvoudig stunning vrou gehad het wat my maklik bekoor en opgewek het. Jy het jou hand op my haan, en ek het 'n ongelooflike uitsig op jou hemp wat my laat besef hoe lank dit is sedert ek so 'n groot paar pragtige borste gesien het, en eerlikwaar, ek kan nie onthou wanneer laas ek so geil was of vrek om wilde seks te hê nie.

Rosa se oë rek groot, haar handskoenhand val na haar toe om aan die skeef van sy hemp te raak terwyl sy afkyk.

Sy wange het dadelik 'n diep, helder skarlakenrooi gebloei.

Sy het na hom gekyk, haar onderlip gebyt, maar hy het opgemerk dat sy nie haar kaal hand van sy lid verwyder het toe sy haar handskoenhand laat sak het nie, net haar oë na sy harde piel rig en dan terug na haar gesig.

Hulle oë ontmoet.

Andrew hyg.

"Ek...ek kan nie eers...ek het...jy is hard soos 'n rots. Jy het geen probleem nie!"

"Vir die eerste keer in meer as 'n jaar. Danksy jou. Ek belowe, ek maak dit nie op nie."

Die skielike warmte van Rosa se lippe terwyl hulle gretig om die opgeswelde kop van Andrew se haan gevou het, het hulle albei laat kreun.

Andrew se hande gryp die rande van die eksamentafel vas terwyl hy kyk hoe Rosa se mond op sy haan neersak.

Hy voel hoe haar sagte tong die onderkant van sy ereksie lek, vryf en terg terwyl sy hom in haar mond inasem.

Sy spin om sy kloppende haan, suig hom terwyl haar vingers 'n heeltemal ander soort aanraking en streling oor sy balle neem.

Haar oë brand van 'n intense behoefte wat blykbaar haar eie weerspieël, en kyk na sy reaksie terwyl sy hom begin behaag.

Toe haar kop op en af op hom begin gly.

Hy was gefassineer deur haar optrede, die ritmiese bewegings op sy seer haan en die rou seksualiteit wat hy in haar blik gevoel het terwyl sy getuig het van die plesier wat hy haar gee.

Die vreugde wat hy natuurlik gevoel het om die bron daarvan te wees, was onbeskryflik.

Sy oë dryf na die kort, skokkende flitse van haar bra-geklede cleavage.

Sy ruk van hom af weg, hyg sag, kyk na die ongedaangemaakte knoppies voordat sy glimlag.

"Wil jy meer sien...?"

Hy knik en probeer om nie die string speeksel raak te sien wat stadig van haar nat lippe na die glinsterende kop van sy haan versprei nie.

Sy was besig om haar bloes vir hom oop te knoop, dit agter haar op die vloer te laat val en dadelik op te steek om die hakies van haar bra los te maak.

Sy het sy reaksie dopgehou terwyl sy dit stadig van haar lyf verwyder en speels vir hom geglimlag terwyl haar pragtige, bleek borste uit hul opsluiting bevry is.

Andrew kreun stil by die gesig.

Sonder om te huiwer steek hy 'n hand uit om haar kaal linkerbors te omvou.

Hy het die warm en heerlike sagte anatomie van Dr Rosa Martínez gestreel.

"O God... Rosa...!"

Haar oë het vernou, 'n rilling wat haar sigbaar teen hom laat bewe.

Sy lig haar hand op en plaas 'n vinger op sy lippe.

"Dit is lanklaas dat 'n man so aan my geraak het... Ek was so besig dat ek nooit baie uitgaan nie...! Ons... kan nie te veel geraas maak nie..."

Hy soen haar vinger, gly sy tong oor die punt daarvan en suig dit speels, stadig, terwyl hy haar dophou.

Hy druk haar bors in sy hand en laat haar saggies kreun terwyl hy prewel:

"Dit behoort nie... alles oor my te wees nie. Ek wil jou hê, Rosa. Julle almal. Nie net jou mond nie, nie eers jou wonderlike bors nie. Ons kan albei mekaar geniet, mekaar laat goed voel. "

Haar gesig was gebloei van opwinding (haar bors het selfs 'n pienk tint gehad) en hy kon haar tepel hard voel en teen sy handpalm uitsteek.

Hy voel hoe haar hand op sy bors gly en weer af om sy haan te gryp.

Gee dit 'n druk, 'n baie doelbewuste klap, hierdie keer.

"Is jy skoon...? Is jy nie...?"

"As jy?"

Sy het gereageer deur 'n tree terug te gee en haar hand uit te reik om die ritssluiter van haar romp te gryp .

Sy lek haar lippe af terwyl sy kyk hoe sy ereksie in die lug swaai.

Haar romp gly moeiteloos by haar bene af, nou gevolg deur 'n syagtige pers broekie, vleiend gesny.

Die geur van haar opgewondenheid was sterk, en Andrew kon die glinsterende nattigheid sien wat op Rosa se binne-dye glinster en haarself letterlik langs haar sagte lippe versier.

"Ek is nie seker ons kan lank hou nie..."

Hy lag rustig, lek sy lippe af terwyl hy met 'n vou sneespapier terug op die ondersoektafel gaan sit het.

Rosa het op die trappie geklim, een been oor sy lyf gly terwyl sy bo-op hom gaan sit en gretig asemhaal.

Sy gryp sy haan (het haar hand gebewe?) en na hom gekyk.

Hy gly sy hande eerbiedig langs die sagtheid van haar naakte lyf totdat hulle op haar heupe gaan sit het.

Hy het haar nader getrek, sy kloppende punt teen haar nat ingang laat rus, maar gaan nie verder nie.

"Jy sal nie die enigste een wees nie, Rosa. Ek hoop beslis jy is oukei daarmee. Geen vooroordeel nie, onthou?"

Hulle sukkel om stil te kerm toe sy op hom gly.

Die nat hitte van haar lyf vou gemaklik om hom en omhels sy pynlike ereksie diep binne sy dieptes.

Sy gooi haar kop agteroor, mond stil oop, terwyl sy hom heeltemal vat.

Sy begin haar heupe teen sy lyf maal.

Haar bors het geswaai en haar hande uitgenooi om uit te reik en hulle albei te gryp, terwyl hy saggies druk terwyl hy onder haar bewe.

Sy bewerige stem het daarin geslaag om meestal laag te bly soos hy gereageer het.

"Ohhhhh! Godsss ...!"

Sy plant haar hande teen sy bors terwyl sy haar kop laat sak om hom hongerig aan te kyk.

Haar heupe het begin wieg toe sy hom begin ry het.

Andrew se hande gly langs haar vel, streel oor die kante van haar lyf, druk haar heupe voor sy uitreik om haar ferm, getinte gat te gryp.

Sy vingers krul teen haar en grawe in haar vlees terwyl hy haar harder teen hom getrek het, terwyl hy haar bene gebruik om sy bewegings met sy eie stote tegemoet te kom.

Hy hyg onder haar.

"Voel...so...goed, Rosa...verdomp...goed!"

Sy glimlag skaam, maar het net haar pas verhoog, en hom desperaat naai, haar oë half toegedraai terwyl sy in diepe tevredenheid grom.

Die papier het opgefrommel onder Andrew wat reeds buite beheer was in reaksie op haar bewegings.

Hy het probeer om nie sy bolyf soveel te beweeg nie, maar tot 'n sekere mate het hy nie omgegee nie.

Sy haan klop gretig binne Rosa se stywe grense, 'n totale hardheid wat hy al te lank nie kon geniet nie.

Hy kan elke rimpeling van haar gladde poes voel terwyl sy hom ry .

Elke druk en rilling van hul inwendige spiere terwyl hulle soos twee diere uitbars.

Haar poes het meer en meer gereeld saamgetrek.

Rosa se energieke pas het al hoe meer freneties geword, totdat sy haar asem hoor slaan het.

Hy het gesien hoe haar ruggraat gespanne is terwyl sy terugbuig en haar klimaks op sy piel voel.

Sy het egter glad nie opgehou nie.

Rosa gaan vorentoe, byt op haar onderlip terwyl sy haar verrukking kreun met haar mond toe.

Andrew kon voel hoe sy balle styf raak, hy het geweet hy gaan nie veel langer hou nie.

Die gedagte dat hy weer sag sou word, en die vermoë sou verloor om aan te hou naai hierdie pragtige, sexy godin, was aaklig, maar hy kon dit nie help nie.

Dit het te goed gevoel.

DIT het te goed gevoel.

Hygend beweeg hy een van sy hande, soek tussen hul sweterige, botsende lywe en kry haar klit om te vryf terwyl hy dit genaai het.

Rosa se oë het groot geword, haar blik ontmoet syne weer toe haar mond in 'n stille gil oopgaan.

Haar poes het om hom geklem, selfs stywer as voorheen .

Heeltemal nie in staat om homself te help nie, het Andrew gevoel hoe sy orgasme, sy eerste in meer as 'n jaar, tot by hom kom.

Harde, dik strale sperma ontplof binne Rosa se poes, wat Andrew onbeheersd laat kreun het.

Tot Rosa, in die middel van haar eie bek, een van haar hande oor sy mond geslaan het om hom te probeer stilmaak.

Sy mond grinnik wild terwyl hulle teen mekaar bewe, verenig in hul ekstase.

Met volkome toegeeflikheid vir die plesier van mekaar se lywe.

Sy lyf wriemel onder haar, en sy het haar bes gedoen om teen hom te maal .

Soos hy aanhou om meer en meer sperm in haar poes te pomp wat sy gretig aanvaar het.

'n Jaar se opgekropte seksuele frustrasie het uiteindelik in Rosa se liggaam ontplof.

Dit het gelyk of elke sarsie al die spanning in Andrew se spiere verslap op 'n heel nuwe vlak wat hom in 'n see van geluk laat sweef het asof hy bedwelm is.

Rosa het 'n lag versmoor toe sy bo-op hom inmekaarsak, sy hande gulsig oor haar lyf streel, en hy skuif haar kop oor sy harige bors terwyl sy na hom opkyk.

"Ek kan nie glo dat ons dit sopas gedoen het nie...! God, dit was baie cum..."

Andrew se arms vou instinktief om Rosa se lyf, en hou haar naby terwyl sy hande die sagtheid van haar vel eerbiedig streel.

Sy bors het vinnig opgestaan en geval terwyl hy probeer herstel het.

'n Glimlag breek sy gesig toe hy na haar kyk.

"'n Jaar, of ten minste amper. En ek voel ek het nog meer."

Sy proes van verrukking en laat sy bors vibreer.

Andrew sweer hy kan haar spasma voel om sy sagte, verstommend stywe piel, steeds in haar vas.

"Ek wil niks meer hê as om jou elke laaste druppel te melk, met my lyf of my mond nie, maar hoe langer ek hier is, hoe groter is dit dat een van die verpleegsters sal inkom... en ek KAN NIE 'n regsgeding hê nie ingedien vir nalatigheid of teistering teen my!"

Andrew lig 'n hand om Rosa se wang, sy lippe vind hare en hulle soen haar stadig en sensueel.

Hy maak sy oë toe en geniet die gevoel van haar lippe, van haar lyf.

Hoe 'n mens jou verlustig het in jou post-orgsmiese verstoming met so 'n ongelooflike vrou!

"Dankie, Rosa. Dit was... amazing. Ek kan nie beskryf hoe goed dit gevoel het om weer so te kon voel nie."

Rosa se wange het rooi gebloei toe sy haar onderlip byt.

"Bedoel jy regtig dat...?

"Jy het nie regtig moeilik geword of 'n hoogtepunt bereik in die afgelope jaar nie?"

Andrew lag 'n bietjie en vryf steeds sy duim teen haar wang.

Sy ander hand beweeg om haar kaal boude te omvou.

Dit het goed gevoel om weer so met 'n vrou te wees.

"Wat, jy het gedink ek lieg oor dit alles?

"Net om in jou broek te kom?"

Sy haal haar skouers op en glimlag 'n bietjie skaapagtig.

"Dit sal nie die eerste keer wees dat iets soortgelyks met my gebeur nie. Dit gebeur met die meeste meisies."

"Ek sweer, ek het tot dusver in meer as 'n jaar nie 'n orgasme gehad nie, en ek het ten minste tot nou toe nog nie so hard geraak nie. Dit was die eerste keer dat ek 'n vrou kon penetreer, wat nog te sê in haar kom of laat haar op my piel kom, vir meer as 'n jaar. Ek voel nou eufories en heerlik vrygewig."

Rosa lag, leun in om 'n vinnige soen van sy lippe te steel, maar sit ook regop.

Sy beweeg haar heupe vir 'n oomblik teen hom, terwyl sy wyd glimlag terwyl sy dit met vernoude oë doen .

Maar sy het haar stadig van sy haan losgemaak.

'n Stormvloed van semen het uit haar poesie ontsnap en by haar lyf af gegly en langs haar pelvis opgedam.

"Wel, dan voel ek ongelooflik gevlei, sowel as geweldig verlig. Om eerlik te wees, is dit lanklaas dat jy by my geslaap het, alhoewel ek en my vibrator gereeld vriende is. En ek... Ek het nog nooit gedoen nie. so iets voorheen." .."

Sy het senuweeagtig gelyk, maar Andrew kon nie help om te glimlag nie.

Alhoewel hy sekerlik sy regmatige deel van haakplekke en toevallige seks gehad het, was dit ... iets heeltemal anders, en hy was nie regtig seker wat om self te sê nie.

Sy het die plas cum gesien terwyl sy haarself op die vloer laat sak, en amper omgedraai om iets te gaan gryp om dit skoon te maak, maar hy het gekyk hoe sy stop, na hom kyk.

Leun dan eenvoudig oor en neem dit terug na jou mond.

Haar tong lek sy gemorste saad op terwyl sy liggies aan hom suig.

Andrew hyg, hande klem op die rande van die tafel terwyl sy rug verstyf word, maar hy kon nie wegkyk van wat hy doen nie.

Sy haan klop van plesier, selfs nadat sy stadig van hom af teruggetrek het.

Sy het eers die punt van sy lid gesoen, en toe 'n paar dwaalstringe saad uit sy vlees gelek.

Sy glimlag skaam vir hom toe sy weer regop staan en na sy piel kyk.

Hy was duidelik weer heeltemal hard.

"Dit lyk of jy geen probleem het om nou hard te word nie, meneer Harrison."

Andrew ril gelukkig en probeer vorentoe sit om sy klere te gaan haal terwyl hy kyk hoe Rosa buk om hare op te tel.

"Ek dink jy het my genees, juffrou Martinez."

Sy het geglimlag, maar terwyl sy vir hom van haar klere gee, reik sy af om speels aan sy piel te raak.

"Ek stem nie saam nie, meneer; ek dink jy sal later hierdie week 'n opvolgafspraak moet skeduleer. Ons moet jou toestand noukeurig monitor en seker maak daar is geen terugvalle nie."

Sy speelse glimlag wankel 'n bietjie.

"Dit is ernstig, maar nietemin, ek... ek dink ons kan seker fisiese kwale uitsluit, maar... maar ons wil seker maak. Reg, reg?...."

Andrew lig 'n hand op en glimlag sag.

"Ek verstaan, Dr. Rosa. En ek sal graag terugkom na die konsultasie. Amptelik, en... selfs nie-amptelik, as jy oukei daarmee is. Ek... Ek het eerlikwaar verwag dat jy 'n vinnige eksamen sou doen en verwys my na 'n sielkundige. Ek het gereken dat "Dit was 'n geestelike of emosionele probleem."

Sy bloos, maar knik terwyl sy haar broekie aantrek.

'n Donker kring sypel stadig in die stof in, en die aanskoue daarvan het Andrew nog meer opgewonde gemaak.

Sy het haar bra weer gaan aantrek, maar Andrew beduie dat sy nader moet kom, terwyl sy nuuskierig na haar kyk.

Sy het berou en nader hom weer.

Hy lig dadelik sy hand om haar kaal borste met 'n sagte sug te streel.

"Dankie. Ek is jammer, jy is net... Ek dink jy is ongelooflik sexy, en dinge was so gejaag dat ek... Ek wou nie die kans mis om aan hulle te raak terwyl ek dit gehad het nie."

Sy glimlag sag, leun af om sy wang te soen voordat sy terugtree om haar klere weer aan te trek en hardop hul amptelike bespreking te probeer hervat.

"Dit is seker dit, maar aangesien jy nie vir die verpleegsters presies gesê het wat dit vir die papierwerk is nie, moet ek seker... reël dat jy weer hier kom kuier sodat ons seker kan wees van die simptome."

Hy knik, staan op en begin sy eie klere aantrek.

Rosa kyk vlugtig na hom terwyl sy haar klere klaar herrangskik het.

Sy het haar potloodrok glad gemaak, in gedagte.

Uiteindelik verbreek hy die stilte.

"As jy wil, sal ek... met graagte jou foonnommer aanvaar. Om eerlik te wees, ek is nie seker hoe ek daaroor voel nie, buite die... hitte van die oomblik, maar..."

"Ek verstaan heeltemal, Rosa. Ek weet ... ons ken mekaar nie regtig baie goed nie, maar ... ek hoop jy weet dat ek dit nie ligtelik opneem nie, ek kan vertrou word, en ek ... waardeer dit baie... alles wat gebeur het. Ek sal nooit enige hiervan gebruik om jou seer te maak nie, of jou doelbewus op enige manier seer te maak. As jy nooit wil hê dit moet weer gebeur nie, sal ek daardie keuse aanvaar, respekteer en verstaan, maar ek hoop van harte dat jy nie spyt is daaroor nie, en ek hoop ek kan voortgaan om "Jou pasiënt, ten minste. Ek het hierheen gekom vir 'n rede, jou geskiedenis en terugvoer oor jou vermoëns as 'n dokter. Ek kan jou nie vertel nie hoe gelukkig het dit my gemaak, of... hoe het dit my weer soos 'n man laat voel." .

se skouers effens insak.

'n Spanning wat sy postuur verlaat het terwyl hy warm geglimlag het.

"Dankie, Andrew; ek waardeer dit baie. Ek het ook regtig baie geniet wat gebeur het."

"Kan ek dan vir jou my nommer los?"

Sy knik en draai om om 'n boekie papier en 'n pen te gryp.

Toe bied hy dit vir haar aan.

Hy het dit geneem en vinnig haar nommer neergeskryf en dit toe aan haar teruggegee.

Sy skeur die boonste laken af en steek dit in 'n klein sakkie in haar bloes.

Hulle oë ontmoet mekaar, hulle het vir 'n oomblik talm, toe glimlag Andrew en maak sy arms oop.

"Sal jy omgee vir 'n drukkie...?"

Sy lag en skud haar kop terwyl hulle omhels.

Toe hulle terugstap, en Rosa omdraai om haar goed bymekaar te maak, het haar oë die kantoor geskandeer.

Behalwe dat die sneespapier op die ondersoektafel verskriklik opgefrommel is, kon niemand sê wat pas hier gebeur het nie.

Andrew, wat verstaan wat hy doen, het 'n bietjie die lug geruik en toe na een van die vensters gestap om dit oop te maak.

Rosa glimlag skaam en knik.

"In daardie geval, Andrew... uh, meneer Harrison, ons sal tot die bodem kom van hierdie probleem wat u blykbaar het, maar ons sal nodig hê dat u nog 'n afspraak maak vir 'n opvolg later hierdie week, en hoe gouer hoe beter."

Hy het sy lip gebyt, vir haar geknipoog en gesê terwyl hy sy stem laat sak:

"Moenie my laat wag nie".

IN DIE KANTOOR

"Het jy nog iets nodig, juffrou Sanders?"

Ek het opgekyk van die vaag rye en kolomme van die gedrukte sigblad en geknip na Vicky, my sekretaresse, wat in die deur van my kantoor staan, haar sak oor haar regterskouer.

Iewers agter haar kon sy die ander meisies in die kantoor hoor babbel terwyl hulle hul werk vir die naweek gesluit het.

Toe sy woorde uiteindelik in my gedagtes geregistreer word, het ek hom vinnig geknik en met my vingers gewikkel.

"Gaan voort . Ek behoort oor vyf minute klaar te wees hier. Lekker naweek."

Sy het haar oë vir 'n oomblik na my getrek, maar net my laaste woorde met 'n glimlag weergalm voordat sy omgedraai en by haar kollegas aangesluit het.

Ja, sy het my baie goed geken.

Vyf minute was gewoonlik vyftien tot twintig op 'n gewone dag. Maar dit was die Vrydag voor 'n langnaweek van drie dae, en met 'n opsomming van die kwartaallikse verslag wat Dinsdagoggend verskuldig was.

Wie het ek gespot?

Ek sou ten minste 'n paar uur hier wees.

En dit was net as ek kon fokus om die regte getalle te kry.

Na die eerste uur met net 'n bietjie vordering, het ek 'n vinnige draai na die vending masjien in die breekkamer gemaak vir 'n kafeïenverpakte koeldrank.

Terug by my lessenaar met die koolsuur wat agter in my keel kielie van 'n diep drankie, staan ek leun oor my lessenaar.

Miskien sal 'n ander perspektief help.

Net toe hoor ek 'n lae grom.

Ver van skrik, aangesien ek die eienaar van daardie geluid geken het, het ek skaars opgekyk om mnr. Robert González te sien leun teen die deurportaal, met sy hande in die sakke van sy stywe broek.

Hy was die toonbeeld van lank en aantreklik, hoewel hy nie heeltemal swart was nie ... ten minste nie die deel wat jy kon sien nie.

Sy silwer hare was korter aan die kante en agterkant geknip, wat hom ouer laat lyk het as die iets-en-veertig jaar wat hy moes gewees het.

En haar ligbruin vel het aangedui dat sy nie omgee om buite te wees nie, alhoewel sy geweet het dat sy nog nie daaraan gekom het om bande met die res van die manlike bestuurders te bou nie.

"Sleep die laaste druppels energie om middernag, Erika?"

Ek het 'n goed versorgde wenkbrou gebuig en uiteindelik geantwoord:

"Dit is sesuur. Dit is skaars middelmiddag."

Hy trek effens sy skouers op.

"Dit is iewers middernag."

"In Londen."

"Hmm?"

"As dit sesuur hier is, is dit middernag in Londen."

Robert het gegiggel.

"Jy en jou nommers."

Ek het my oë gerol en vorentoe geleun om die bokant van 'n sigbladkolom te vind en my vinger af te gly.

'n Dieper gegrom het my ore bereik.

Ek het betyds opgekyk om te sien hoe hy die knoop van sy das by sy keel aanpas.

'n Sekonde later het ek besef hy kan die bokant van my hemp sien.

Ek het skielik opgestaan, in my stoel gaan sit en na die lessenaar toe gestap, en voel hoe my wange spoel.

Ek kon skaars weerhou om te glimlag toe hy sug.

"Wat kan ek vir jou doen, Robert?"

Die oomblik toe die woorde my mond verlaat, het ek my oë toegemaak en my lippe saamgetrek.

Verdomde Freudiaanse glipsie.

"Ek vra nie 'n fooi nie, Erika, maar as jy bereid is om te betaal..."

"Dit was 'n fout," het ek gemompel en gemaak asof ek weer fokus op die gedrukte bladsye wat voor my uitgesprei is.

In my kop het ek hom halfhartig gesmeek om te gaan.

Die geselskap was nie heeltemal onaangenaam nie.

Maar ek wou hierdie verslag doen sodat ek huis toe kan gaan en in my borrelbad met 'n glas wyn kan week en aan niks dink totdat my wekker Dinsdagoggend afgegaan het nie.

"Galle weerstaan, nè?" sê hy met 'n sagte lag.

Daar was 'n effense geluid van skoene wat op die mat wapper.

'n Oomblik later staan hy voor my lessenaar.

Toe ek weer opkyk, het hy 'n geligde wenkbrou, en sy glimlag het groter geword toe hy sy pakbaadjie uittrek en dit agterop een van die besoekersstoele neersit.

Ek het gesluk terwyl hy sy groot hand teen die voorkant van sy grys knoopfrokkie afgegly het, terwyl hy aan die boeie van sy wit rokhemp ruk voordat hy in die oorkantste stoel gaan sit het.

Hy het sy regterknie oor sy linkerkant gekruis en sy hande in sy skoot geslaan.

Ek het hom probeer ignoreer terwyl ek gewerk het en van tyd tot tyd uit my koeldrankblikkie gedrink.

En glorie wees vertel, die syfers het begin sin maak.

Dit was nie lank nie totdat ek uiteindelik my verslag kon begin skryf.

Hy het nie gepraat nie, maar ek kon sy egalige asemhaling hoor.

Ek voel sy oë op my.

Ek was egter gewoond daaraan van kliënte, so Robert se aandag het my nie gepla nie.

Selfs nie toe ek in my perifere visie kon sien dat hy stadig besig was om sy frokkie los te knoop en die knoop van sy das los te maak nie.

Ek het die binnekant van my lip gebyt terwyl hy sy posisie aangepas het en in die sitplek ontspan, en probeer om nie daaraan te dink dat hy sy opwinding probeer wegsteek nie.

Met my oë gevestig op die rekenaarskerm, het ek in my verslag uitgewys waar ons verliese vandaan kom en toe 'n voorstel uiteengesit om daardie fondse in die volgende twee kwartale te verhaal.

'n Paar minute later het sy stem my verras en my aan sy teenwoordigheid herinner.

"Dit lyk of jy baie hard daar werk, Erika. Selfs as jy uit die hoek van jou oog na my kyk. Dink jy ek sien nie daardie goed raak nie?"

Dit het gelyk of die knop in my keel uit die niet verskyn.

Trouens, dit was seer om te sluk, en hierdie keer het die koeldrank nie gehelp nie.

'n Vinnige blik op hom was 'n slegte idee.

Ek het my oë vir 'n oomblik toegedruk en toe vinnig geknip om te herfokus.

Robert se kop was skuins, die hoek van sy mond ruk.

"Wat is fout? Die kat het jou tong gekry?"

Toe ek aanhou om hom te ignoreer, het hy 'n " tsi , tsi , tsi " geluid gemaak.

Ek kon nie anders as om saggies te vloek toe hy opstaan en om my lessenaar stap en direk agter my stop nie.

"Jy werk te veel. Dit is die naweek. Jy moet by die huis wees of buite wees om pret te hê, nie tyd in die kantoor deurbring nie."

Toe ek voel hoe dit aan die onderkant van my hare raak, het ek gebewe.

My vingers bewe vir 'n oomblik op die sleutelbord.

Selfs my asemhaling was onvas terwyl ek uitasem.

Verdomp hierdie man.

Dit was al twee maande lank in my gedagtes... vandat die base ons by 'n korporatiewe vergadering voorgestel het.

Ons was op dieselfde vlak van gesag, maar van verskillende departemente.

Die ins en outs van ons areas het nie eens gekruis nie.

Hy het egter 'n rede gevind om ten minste een of twee keer 'n week by my kantoor te stop.

Maar nooit na ure nie.

En dit was nog nooit so ... geloods nie.

nog altyd professioneel, maar hy het op die rand van die tou gedans.

In die geheim het ek gewens hy wil 'n bietjie lanseer.

Nie om vir my redes te gee om hom aan te meld nie, maar om seker te weet of hy regtig in my belangstel...of hy net daarvan hou om met sy manlikheid te spog.

Sy was die enigste bestuurder in die maatskappy.

Dit het gelyk of die meeste mans met daardie status saamgestem het.

'n Paar van hulle het my om die waterverkoeler laat weet dat hulle dink vroue hoort aan die ander kant van die lessenaar, maar niemand het die moed gehad om dit in my gesig te sê nie.

Ek het gebid dat daardie oomblik nooit van Robert af sou kom nie.

En nou?

Ek het die gevoel gehad dat ek uiteindelik die ware kant van die man gaan sien wat by meer as een geleentheid in my drome gespook het.

Sal ek egter spyt wees daaroor?

ons was alleen

Die res van die vloer was donker buite my kantoorvensters.

En daar was geen rede vir iemand anders om op hierdie uur in die gebou te wees nie.

Die huiswagters het eers Saterdagoggend opgedaag.

Wat as Robert se bedoelings nie eerbaar was nie?

En as...

"Dit lyk of jy dalk 'n bietjie stres moet verlig, dink jy nie?"

Sy stem was reg langs my oor, sy lippe het liggies daarteen geborsel en my laat snak.

Hy borsel my hare weg terwyl hy praat.

En toe byt hy my oorlel.

"Antwoord my, Erika."

Vuur en ys.

Dis die enigste manier hoe ek kon beskryf wat deur my liggaam beweeg het by sy woorde...sy dade.

Ek kon nie beweeg nie.

Hy haal skaars asem .

En ek het beslis nie 'n behoorlike stem gehad om op te reageer nie.

Robert het skielik sy hande weerskante van my op die lessenaar geplaas en my spasie verder binnegedring.

Ek het darem die dun rugleuning van die stoel tussen ons gehad.

Vir nou.

My bene het gebewe.

Goddank, ek het reeds gesit.

Dit is waarvoor jy gewag het, reg?

Ek het geveg om nie na hom te kyk nie, uit vrees dat ek die laaste bietjie beheer oor my emosies wat ek gehad het, sou verloor as ek dit sou doen.

Maar ek kon nie die klein kreun wat uit my lippe ontsnap toe hy in die kant van my gesig leun, help nie.

Sy lippe het weer aan my oor geraak.

"Ek weet wat jy wil hê..." fluister hy en lek my lob. "Wat het jy nodig."

Sonder waarskuwing het hy sy hand uitgesteek en my linkerpols saggies maar ferm gegryp, dit van die lessenaar afgehaal en agter my stoel gebring.

Hy sit die agterkant van my hand in sy handpalm en plaas dit stewig op die bult van sy kruis.

Ek het harder gekerm en my oë toegedruk.

Albei my hande het ook instinktief toegemaak, my linkerkant het nog meer om sy bedekte ereksie gevou.

My poes knyp by die sensasie.

Hy het 'n sagte kreun uitgelaat en my hand terug op die lessenaar gesit.

Dit het gelyk of die warmte van sy teenwoordigheid afgeneem het, maar dit het nie die bewing wat na my skouers opgekom het, gekeer nie.

Sy warm asem streel steeds oor my nek terwyl hy swaar uitasem.

'n Oomblik later draai ek stadig in my stoel om na hom te kyk...laat my oë direk in lyn wees met sy kruis.

lank genoeg opgerig om te sien hoe hy sy lippe aflek.

Ek het toe sy hande gevolg terwyl hulle op sy middel gaan sit en sy leergordel losmaak.

Hy het die knoppie so stadig losgemaak dat sy nie seker was of hy dit regtig gedoen het nie totdat hy die ritssluiter laat sak het.

Ek het 'n kreun van hom gehoor toe ek meer raar begin asemhaal en my lippe aflek.

"En daardie nat tongetjie? God, jy is so fokken sexy, Erika," grom hy en steek sy boksers in.

Maar hy stop en verwyder sy hand 'n sekonde later.

Met sy broek wat verleidelik van sy heupe af hang, het hy my biseps gegryp en my maklik orent getrek.

Daar was nie tyd om te dink nie.

Om my afkeur uit te spreek.

Die een oomblik het ek my asem opgehou, die volgende sekonde het sy warm lippe teen myne gedruk met 'n vurigheid wat ek nog nooit tevore ervaar het nie .

Hitte.

Passie.

Wanhoop.

Honger.

Dit alles het in my kop gedraai.

Het ek dit ook al gevoel?

Sy tong het my mond binnegegaan en dit geëis.

Sy vingers het styf op my arms getrek en my nader aan hom getrek.

My kop is agteroor gegooi terwyl hy my vorentoe gedruk het terwyl die res van my lyf teen hom geleun het.

Voel nou daardie knop op ander plekke.

Druk my.

Vryf my.

Skakel my aan.

Ek was besig om in sy soen te smelt toe ek, in my kreun, myself weer regop sit.

Hygend.

Wonder wat de hel nou net gebeur het.

Robert se asemhaling was wisselvallig.

En hy leun teen die lessenaar en gryp die rand met albei hande vas.

Staar na my, sy oë groot.

Toe ek afkyk na sy effens heukende bors, lig hy my ken.

Hy het dit vir my gehou.

Hy het toe met sy duim oor my onderlip gedruk voordat hy vir 'n sekonde in my mond gedruk het.

Ek het die geleentheid aangegryp en sy vinger gelek, wat hom laat knor het.

Hy het dieper gedruk.

Kort voor lank het ek die punt van sy duim tot by die eerste kneuk gesuig terwyl hy dit stadig in en uit my mond beweeg.

My ken was nog in sy vingers bak.

My oë was op syne gefokus.

Ons het albei sagte geluide van plesier gemaak.

En my poes het nie ophou styftrek nie.

Op 'n stadium het sy hand gegly.

Hy het aan my ken getrek om my aan te pas, en ek het vorentoe geval.

Ek het my balans herwin deur my handpalms op haar dye te plaas.

Reg langs sy lies.

Gevolglik het ek gekreun en sy vinger harder gesuig.

Sy gesis van verbasing was sy enigste reaksie toe hy aanhou om sy duim in en uit my mond te druk.

Toe kreun hy terwyl my hande die ferm spiere onder sy klere indruk.

'n Oomblik later het hy homself bevry en het opgestaan.

Robert steek weer in sy boksers uit en laat toe vinnig sy piel met 'n skerp uitasem los.

Die kroon, wat rooi en opgewonde lyk, het net sentimeters van my lippe af gerus.

Die punt het geskitter met 'n enkele pêrelagtige druppel in die middel.

My tong het in afwagting uit my mond geval.

"Komaan."

Sy growwe goedkeuring het my weer laat kreun en my lippe aflek.

"Kom teef."

Sy lyf het 'n bietjie geswaai toe my vingers syne vervang het en om die fluweelagtige tekstuur van sy harde lid gedraai het, dit vasgehou het.

Hy het hard gekreun die oomblik toe ek die punt van my tong na die oog van sy piel bring.

Na daardie pêrel toe.

Lek dit en neem dit terug na my mond toe.

Geniet die soutgehalte van sy precum .

Hy was die een wat nou geskud het, weer teen die rand van my lessenaar geleun het vir ondersteuning.

Woede kom in my are op, ek het nog 'n lek losgelaat.

Die plat van my tong, hierdie keer, op die plat van sy buigsame kop.

Nog 'n vloek van hom het my meer aangemoedig.

My derde lek was dapper, draai om die kroon.

'n Vinnige blik op na sy uitgestrekte nek en toe oë het gewys dat ek hom gehad het waar ek hom wou hê ... op my genade, al was dit net vir 'n paar minute.

Ek het my lippe om sy kroon verseël op die volgende lek, gesuig terwyl ek my hand saggies om sy groot piel druk.

"Fok, slet, hoe weet jy hoe om te suig!"

Ek het sy stoot verwag en teruggestap, sy piel het met 'n sagte knal losgelaat.

Nadat ek diep asemgehaal het, het ek dit terug in my mond gehad.

Nou dieper.

Suig terwyl jy streel.

Kreun terwyl hy 'n hand op my kop plaas en sy vingers saggies deur my hare trek.

Deur die stoel vorentoe te beweeg, het ek my verlustig in die kontrasterende, harde en sagte sensasie dat hy oor my tong gly.

Die sagte tekstuur van haar kleredrag terwyl ek met my vrye hand op en af by haar been hardloop... om haar boude te streel.

Die reuk van manlike muskus op sy vel elke keer as my neus sy basis nader.

Maar net soos met sy soen het hy weggetrek voor ek gereed was om te stop.

Laat my kreun .

Toe sit hy my weer op my voete, waar ek op my hakke wankel.

"Erika," klap hy en lek sy lippe af.

Soek my oë.

Hou my teen hom aan my regterarm, sy vrye hand beweeg na my rug en gly af, streel my boude.

By my gekerm het hy my onderlip tussen sy tande vasgevang.

En toe suig hy saggies terwyl ek my lyf teen syne druk en aan sy arms klou.

"Robert!" Ek het gesnak toe hy my skielik aan die heupe oplig en op my lessenaar sit.

Hy stoot my potloodromp op en sprei my bene tussen hulle in.

Sy haan het tussen ons gerus, en ek het gevoel hoe die natheid van sy precum my hemp deurweek.

Met een hand wat my regterbeen deur my dy-hoë sykouse streel, het hy die agterkant van my kop omvou en my gesoen.

Baie hard.

Oë gesluit, ek het uiteindelik in sy omhelsing gesink, my hande dwaal oor hom.

Raak aan sy skouers.

Voel hoe sy spiere buig en ontspan.

Hitte straal deur sy hemp.

Toe was dit agter op sy nek.

Sy hare kielie my vingerpunte soos sy tong my mond plunder.

Een van my skoene het met 'n klap afgeval toe ek my been om syne probeer draai het.

Hy was ook aan die beweeg.

Gryp my ander knie vas, wat teen sy heup vryf.

Druk saggies die agterkant van my nek, wat my laat krom en kreun.

Hy het toe die kant van my bors gestreel voordat hy dit in sy handpalm geneem en dit harder gedruk het.

Sy duim het my tepel deur my bloes en bra gestreel.

In my maag kon ek sy piel voel klop.

Hard en warm.

Ek het steeds die agterkant van sy nek met my linkerhand vasgegryp, my regterkant tussen ons ingeskuif en my jeukerige vingers om sy piel net onder die kroon gedraai.

Toe het ek die pad van my duim heen en weer oor die punt getrek en die dun vloeistof daar versprei.

Om meer met die spleet te spot.

Robert het weer op my onderlip gebyt en dit in sy mond gesleep waar hy daaraan gesuig het.

Hy het dit met sy tong gedraai.

Toe bedek hy my lippe weer met syne.

Nooi my tong om te dans.

Hoe meer hy my gesoen het, hoe meer het hy gegrom.

Hoe meer hy my gesoen het, hoe meer het ek teen hom gegolf.

Sweet het op die agterkant van my nek onder my vingers gevorm.

Ek kon dit ook tussen my skouerblaaie voel.

Weereens het hy teruggetrek, maar net in ons monde.

Hy het sy voorkop teen myne laat rus, sy asem warm op my gesig.

Ek het aanhou speel met sy haan, my linkerhand rus nou agter my.

"Jy ... is ... 'n ... speelse ... slet," hyg hy, krimp terug en soen my sag.

Toe hy sy hand onder my romp op my bobeen inskuif, het ek laat los en moes my ander hand ook agter my sit vir ondersteuning.

Toe was ek die een wat haar onderlip gebyt het omdat haar vingers verder na binne streel.

"Shit!" My hele lyf het gebewe toe sy knokkel teen my broekie bedekte poesie borsel.

" Jy is sensitief," lag hy.

Hy borsel sy lippe teen die hoek van my mond en slaan my nog drie keer met sy kneukels.

Met elke hou het hy harder gedruk.

"Mmm. Erika?"

"Eh wat?" Ek het geknip en probeer sluk.

"Jy is so nat, liewe slet."

My arms het uitgegee en ek val terug op die lessenaar met 'n knor.

Ek voel hoe 'n vinger die buitekant van my poes onder my broekie streel, my oë het teruggerol.

My kakebeen het gedaal, en my stem het agter in my keel vasgevang.

"Jy is so ryk," prewel hy.

In my perifere visie het ek gesien hoe Robert verdwyn.

'n Sekonde later het iets nat oor my poes afgeloop.

Ek het uiteindelik geskree en besef dis sy tong.

Toe het hy gekoer.

Buig my rug.

Draai my heupe.

Slaan my handpalms teen die papiere wat onder my gestrooi is.

Onder het hy my broekie verwyder en my met 'n arsenaal van lippe, tande en tong aangeval.

Maar nooit iets deurdringends nie.

En tog, dis waarvoor my liggaam stilweg gesmeek het.

Iets...enigiets...

Wel, nie sommer enigiets nie.

Ek wou sy haan hê, maar ek sal vir eers tevrede wees met 'n vinger of twee.

Hy kon egter nie my gedagtes lees nie.

En ongelukkig kon ek nie die woorde kry om hom direk te vertel nie.

My ander skoen het op die vloer geval toe hy my enkel gegryp en my been op en uit gehou het.

Ek het meer geskrik oor die sensasie dat hy my klit slaan en sirkel met wat waarskynlik sy duim was.

En ek het sowaar gegil toe hy my poes stadig op en af lek.

Terg my stywe, sensitiewe boudring vir 'n oomblik voordat ek weer begin.

Ek het 'n string uitspreekwoorde geprewel, afgewissel met hyg.

Hy het gekreun en my been laat los nadat hy dit oor sy skouer geplaas het.

'n Sekonde later het ek gevoel hoe 'n paar van sy vingers langs dieselfde pad gly wat sy tong gemaak het voordat dit in my ingedruk het.

"Robert!"

My hande het aan my sye geklem, my hele lyf krul op die lessenaar.

Vasgevang tussen probeer om weg te beweeg van sy aanraking en probeer om sy hand te volg terwyl hy begin wegtrek net om weer te stoot.

Verskeie goed het gekletter toe hulle in die proses van die lessenaar afgeval het.

Sy diep, responsiewe lag het vir my gesê ek het die gewenste reaksie gekry.

Hy het in dieselfde pas voortgegaan en die begeertes in my geterg en verdraai.

Elke keer as my been begin gly het, het hy die agterkant van my knie in die skeur van sy elmboog gevang en dit terug op sy skouer geplaas.

Dit het my nie lank geneem om op te daag nie, hygend en sy naam gevloek.

Rol my kop heen en weer op die lessenaar.

Klap en los nou 'n hand op sy hare.

Die ander een was afwesig besig om my bors deur my bloes te masseer soos sy gebruik het toe sy alleen was.

My gedagtes was 'n paar minute later steeds vaag.

Asemhaling was 'n karwei.

Ek was bewus daarvan dat hy sy voet laat sak het, maar ek kon nie my bene toemaak nie aangesien hy steeds tussen my bobene gestaan het.

Hy het vir 'n paar sekondes van kant tot kant beweeg voordat sy vingers my sensitiewe onderlippe streel en my laat sidder.

Toe het hy weer afgetree.

'n Oomblik later lig hy my kop direk onder my oor, sy duim streel oor my wangbeen.

Die soet geur van my bekende sappe het my neus bereik.

"Erika?"

Ek het iets gemompel... Ek het my oë kort oopgemaak om te sien hoe sy gesig voor myne geplaas is.

Het hy sy kakebeen geklem?

"Wil jy meer he?"

Ek het hierdie keer geknip.

Hy het my lippe afgelek.

Ek het probeer praat, maar het uiteindelik geknik.

Hy het 'n sagte gegrom uitgelaat.

"Sê dit."

My poesie het saamgeklem en my oë het 'n oomblik gefokus.

My stem was grof toe ek gepraat het.

"Ja. Fok my, Robert."

Dit het gelyk of sy eie oë blink.

Hy haal diep asem en gee my 'n kort kopknik.

Ek hou sy hand op my wang en voel hoe hy my broekie weer eenkant toe druk met sy linkerhand voor sy piel aan my poes raak.

Voorentoe gedruk.

Hy het dit in my gesit.

Ons het in tandem geknor terwyl hy na binne gly.

Ek rek my stadig duim vir duim.

En toe rus sy lies teen myne.

Hy het 'n vinnige stoot van sy heupe gegee, 'n bietjie dieper ingegaan, wat my nek laat terugbuig en my hande laat opskiet om sy arms te gryp.

Ek proes toe hy wegtrek en weer vorentoe stoot.

Hy het 'n bietjie versnel.

Vestig jou ritme.

My onreëlmatige asemhaling het meer gespanne geraak.

Ek kon nie ophou om my lippe af te lek nie.

So naby.

Hy was weer so fokken naby .

Sy linkervoorarm het op my gerus, sy vingers borsel my hare.

Ek het my kop na sy aanraking gedraai en my oë toegemaak.

Kreun terwyl sy ander hand oor my bors of heup deur my klere bak en streel.

"Cum vir my."

Hy het sy lippe teen my voorkop gedruk en my knie gegryp en dit weer na sy heup gesleep.

My rug krom krom oor sy woorde.

My kakebeen het geval by die manier waarop hy my doelbewus streel, binne en buite.

Hy het my aanhoudend oor daardie krans gestamp.

Loer verby.

En toe verwurg ek sy naam, verstyf voor my lyf regs en dan links draai.

Mompelende woorde wat hy nog nooit vantevore geuiter het nie...hy het seker nie eers geweet wat dit beteken nie.

Hel, hulle was seker nie eers regte woorde nie.

"God, jy is so mooi, Erika."

Robert se hyg het nog meer moeisaam geword.

Die geluide wat hy gemaak het, was bedwelmend.

Hulle het my onder hom laat wriemel.

Ek dink ek het 'n tweede keer gekom, of was dit 'n derde?

Voordat jy hom gespanne voel.

Hy het harder gedruk.

En toe grom hy my naam voordat hy sy liggaam op myne laat val het.

Die hitte van sy liggaam sypel deur die lae van ons sweetbevogtigde klere.

Sy hart het so wild soos myne teen my bors geklop.

Of miskien was dit myne wat ek gevoel het.

Toe druk sy hand liggies in my hare, sy duim streel afwesig oor my voorkop.

Ek het afgewissel om lug te sluk en my lippe af te lek.

Ek het my hand op en af teen die agterkant van sy linkerarm, wat hy ná sy vrylating in my sy ingesteek het, gehardloop sodra ek genoeg herstel het om te onthou wie ons was...waar ons was.

'n Naskok het my laerug geskud en my ledemate laat ruk.

My poes het geknyp en sy piel ruk in my.

Ons het albei gekreun.

Hy lig sy gewig van my af, soen my sag voordat hy heeltemal opstaan.

Ek het my lip aan nog 'n spasma gebyt in sy volle toevlug, bly dat ek steeds die lessenaar onder my gehad het vir ondersteuning.

Ek het betower gekyk na die man wat ek sedert dag een op my radar gehad het.

Dit het by my opgekom dat hy hieroor gedink het, sedert hy voorbereid gekom het, terwyl ek kyk hoe hy die gebruikte kondoom verwyder, dit in 'n paar sneesdoekies toedraai en die pakkie in my asblik gooi.

Hy het voor my gestaan terwyl hy sy haan wegsit en sy broek aanpas.

Sy het verwag dat hy sy klere klaar moet regmaak, dalk sy hand deur sy effens deurmekaar hare moet trek.

Maar ek was verbaas toe hy vir my glimlag en 'n hand agter my skouer sit en my help posisioneer.

Om op te staan.

Hy het my gesig in albei sy hande geneem en my saggies gesoen.

Toe tree hy terug en kantel sy kop terwyl hy met my hare speel.

Hy het my hemp oor my skouers aangepas en sy hande aan die voorkant oor my borste glad gemaak.

Hy het my romp reguit gemaak met 'n ander hand op my boude, wat my soos 'n dwaas laat bewe en glimlag.

"Jy is weer presentabel."

Sy stem was baie sag.

En sy skewe glimlag en helder oë het weggegee dat hy seker nog van die adrenalien ook afkom.

Toe ek seker was van my balans, het hy my voete gebruik om my hakke op te draai en in die regte rigting te wys sodat ek die skoene weer kon aanskuif.

Ek het afwesig met my hande oor my lyf van tiete tot gat gedruk om seker te maak alles voel goed asof hy dit nie self gedoen het nie.

Toe draai ek my oë na my lessenaar en frons.

My oorgroot sigblad was opgefrommel.

Daar was 'n mengelmoes van karakters wat soos 'n vreemde taal gelyk het op die rekenaarskerm.

En die krammasjien en die potloodemmer was weg.

Ek was darem slim genoeg om my verslag te red voordat hy my verlei het.

Die voorgenoemde items het skielik weer verskyn met twee groot manshande naby my rekenaar geplaas .

Dit was die geraas wat hy voorheen gehoor het.

Amper in stadige aksie het ek my kop opgelig en ingeneem hoe goed die pasgemaakte frokkie hom pas voordat ek in sy donker blik vasgesluit het.

Vir 'n lang oomblik het ek en Robert na mekaar gekyk.

Die hoek van sy mond was steeds gebuig.

Ek het opgemerk dat my pols nog steeds jaag.

Nadat ek blindelings agter my uitgekom het, het ek een van die armleunings gekry en die stoel terug in plek geskuif.

Dit was eers toe ek regop gesit en omdraai het om die brabbeltaal wat op die rekenaar getik is uit te vee dat hy gepraat het.

"Wat doen jy, Erika?"

Ek het 'n paar keer heen en weer tussen hom en die monitor gekyk.

"Om my verslag klaar te maak, het jy onderbreek. Dit is Dinsdagoggend en ek sal dit nie hierdie naweek huis toe neem nie."

Hy het aan die boeie van sy rokhemp en die punte van sy frokkie getrek voordat hy in dieselfde besoekerstoel as voorheen gaan sit het en sy regterknie oor sy linkerkant gekruis het.

"Uh, wat doen jy, Robert?"

Hy het die knoop van sy handelsmerk-das so aangepas dat dit nader aan sy nek was en toe sy hande in sy skoot gevou.

"Wag vir jou om jou verslag klaar te maak."

Ek het 'n wenkbrou gelig.

"Sodat?"

Robert het my 'n elegante glimlag gegee.

" Om haar natuurlik vir aandete te neem voordat u hiermee in 'n gemakliker omgewing vir die agterste skandering voortgaan. As dit u behaag, mev. Sanders."

Met 'n sprong in my polsslag en 'n ruk op die hoek van my eie lippe het ek na my monitor teruggekeer.

"Baie goed, meneer Gonzalez. Jy behoort oor vyf minute hier klaar te wees."

EINDE

Milton Keynes UK
Ingram Content Group UK Ltd.
UKHW041821211123
432980UK00001BB/101